Coyote Crossing

DU MÊME AUTEUR

La Cage aux singes, Gallimard, « Série noire », 2004.
Poésie à bout portant, Gallimard, « Série noire », 2006.

VICTOR GISCHLER

Coyote Crossing

Traduit de l'anglais (États-Unis)
par Frédéric Brument

DENOËL
Sueurs Froides

Conseiller d'édition
Frédéric Brument

Titre original :
The Deputy

Pour Jackie

1

Je simulai une toux et recouvris ma bouche de la main pour dissimuler un sourire. Je savais que ce n'était pas drôle, vraiment, mais le regard stupéfait dans le visage mort de Luke Jordan m'avait pris au dépourvu. Luke était le premier macchabée que je voyais de près, en dehors d'une veillée funèbre.

Le shérif Frank Krueger laissa échapper un long soupir sonore, gratta son gros bide et repoussa le chapeau de paille de son front pour essuyer la sueur sur sa figure avec un mouchoir rouge. Il baissa les yeux sur le corps de Luke Jordan, affalé moitié dehors, moitié à l'intérieur du vieux pick-up, et se mit à compter en plantant ses doigts boudinés sur le cadavre. Finalement, il dit :

— Je compte neuf impacts de balles. Toi aussi ?

Je ne me fatiguai pas à compter.

— Ouais.

Je tripotai l'étoile en fer-blanc épinglée sur mon tee-shirt Weezer ; je me sentais idiot avec mes baskets montantes délacées et mon pantalon de jogging. Quand le coup de fil du chef m'avait tiré du lit à minuit, j'avais chopé les premières fringues qui traînaient et je m'étais précipité dehors. Je portais mon revolver dans son holster derrière le dos. J'avais essayé de fixer le holster sur le jogging, mais le flingue était trop lourd et n'arrêtait pas de tirer sur l'élastique — résultat, le pantalon descendait sous la raie du cul.

Donc je ne comptai pas les impacts de balles, mais je regardai fixement Luke Jordan, ses yeux écarquillés de surprise, sa chemise écossaise maculée d'un sang sombre et visqueux qui commençait à sécher. Luke était un de ces péquenauds à belle gueule, le genre gros dur, toujours en jeans délavés et tee-shirts aux manches déchirées. Des bottes de cow-boy, dans une espèce d'imitation peau de lézard. Il racontait sans doute à tout le monde que c'était du crotale.

Au lycée, en cours d'éducation civique, Luke avait pour habitude de mâchonner du papier qu'il arrachait de son cahier jusqu'à ce qu'il soit bien imbibé et compact, puis m'envoyait des boulettes derrière la tête. À la fin du lycée, ses frères l'avaient conduit à Tulsa pour voir le recruteur de l'armée. L'armée l'avait renvoyé un mois plus tard. Luke disait que c'était à cause de problèmes aux genoux, mais j'avais entendu dire qu'ils l'avaient fichu dehors parce qu'il était ivrogne et bagarreur. Il s'était fait renvoyer du cours de gym pour à peu près les mêmes motifs.

Le shérif Krueger me tapa dans le dos avec sa grosse paluche.

— Reste ici et surveille le corps, Toby. Je vais parler à Wayne.

— OK, chef.

— Quand Billy se pointera, tu lui dis qu'il va se faire remonter les bretelles, ajouta Krueger. Il habite juste là-haut, à Dixon. Il devrait être là depuis dix minutes.

— D'accord.

Le shérif alla à la rencontre de Wayne Dobbs, assis sur les

marches de l'entrée du Skeeter's, le bar local, qui servait aussi des hamburgers. C'était Wayne qui avait découvert le corps de Luke et appelé le chef chez lui. J'imagine qu'on a le droit d'appeler le shérif chez lui quand on fait partie du conseil municipal. Wayne avait été le cuistot de nuit et le mec de la plonge au Skeeter's depuis aussi longtemps que remontent mes souvenirs ; il m'avait même flanqué à la porte de l'endroit quand j'avais seize ans — j'avais essayé d'acheter de la bière avec une carte d'identité truquée. À présent, c'était lui le patron. Il avait réalisé son rêve américain à lui, en grimpant au sommet de la chaîne alimentaire. Bon Dieu, aucun doute, c'était un bled sacrément petit.

Quand le chef s'approcha de lui, Wayne se leva, s'essuya les mains sur son tablier puis se mit à parler en pointant le doigt ; je savais qu'il racontait de nouveau la même histoire, à savoir qu'il avait entendu les coups de feu, qu'il était sorti et avait trouvé le cadavre de Luke.

Le chef hocha la tête, et tous deux entrèrent dans le bar.

Je rejoignis ma Chevy Nova bouffée par la rouille et j'ouvris la portière côté passager, je me penchai à l'intérieur et pêchai dans la boîte à gants un paquet de Winston et un briquet. Appuyé contre le capot, je m'allumai une cigarette, inspirai profondément puis soufflai un long jet de fumée grise dans la nuit.

La fumée persista, dériva, attendant de chevaucher une petite brise pour s'en aller au diable. Mais il n'y avait pas le moindre souffle d'air. Quant à l'humidité... C'était un putain de mois d'août bien chaud et bien torride en Oklahoma, et quand le soleil allait se lever, le temps de cuire à point le cadavre de Luke Jordan, ce dernier allait très vite puer horriblement.

Je balayai du regard les deux côtés de Main Street. La route scintillait d'une noirceur atone, les immeubles en brique étaient bouclés, endormis. Le chef m'avait dit avoir dû renvoyer quelques curieux chez eux avant que j'arrive. Ils avaient sans doute entendu les coups de feu. Seules de rares personnes vivaient encore au-dessus de leurs magasins, comme dans le temps. Le salon de coiffure, le bazar, la banque, tous évoquaient l'atmosphère d'un plateau de cinéma désert. Le feu de signalisation au carrefour passa au rouge. Quelque part, un chat miaula et renversa une poubelle.

Des phares apparurent de l'autre côté de Main. Ils se rapprochèrent, et je vis que c'était la seconde voiture de patrouille, avec Billy Banks au volant. Il se gara près de moi et sortit du véhicule. Il portait un pantalon kaki et une chemise bien repassés, une cravate noire. Ses chaussures étaient cirées. L'étui de son flingue pendait négligemment à sa ceinture, genre bandit de grand chemin. Billy était toujours comme ça : cheveux noirs coupés court, dents blanches et ongles manucurés. J'imagine qu'il se donnait du mal pour décrocher une promotion, même si Dieu sait quel poste il pouvait bien viser par ici, dans le trou du cul de l'Oklahoma. Attrapeur de chiens errants, peut-être.

Il m'adressa un petit signe de la tête.

— Toby.

Je lui souris.

— Le chef dit que t'es en retard.

Billy me renvoya mon sourire.

— Il est là-dedans, en train de parler à Wayne ?

— Ouais.

Billy s'accroupit près de Luke et fit la grimace comme s'il avait bouffé une salade d'œufs pourris.

— Bon Dieu, Luke a dû foutre quelqu'un sacrément en rogne, hein ? Je parie qu'il s'est saoulé et qu'il a laissé traîner ses pattes sur la fille qu'y fallait pas. La moitié des mecs du coin ont un flingue sous leurs sièges de bagnole.

— Hm-hm.

Je continuai à fumer. Il faisait trop chaud pour avoir envie d'alimenter la conversation.

Billy vit le chef sortir et se redressa, en lissant sa cravate.

— Je suis venu aussi vite que j'ai pu, Frank.

Krueger baissa les yeux sur sa montre, avant de les lever à nouveau sur Billy.

— Tu t'es pris une tasse de café ? T'as lu le journal du matin ?

Billy sourit comme si c'était une blague, mais il savait que le chef ne plaisantait pas.

Je lâchai ma cigarette, l'enfonçai dans la terre du talon. Krueger nous fit comprendre qu'il réclamait un pow-wow. On se réunit en petit comité.

Du pouce, le chef s'enfila une boulette géante de tabac à chiquer dans la bouche, gonflant sa joue. Il chiqua, cracha, puis lâcha :

— Wayne a vu Luke parler à une poulette mexicaine une heure avant la fermeture.

Billy leva un sourcil vers moi, avec un petit sourire en coin, genre « Je te l'avais bien dit ». *Ouais, t'es un génie, mec.*

— Elle avait sans doute un petit copain.

— Il avait déjà vu la Mexicaine avant ?

— Nan.

Le shérif Krueger se moucha dans le même mouchoir rouge dont il s'était servi pour s'éponger le front. Ce mouchoir-là, il en voyait du pays. Il était en train de suer comme un bœuf sous les bras et dans le cou, la mâchoire pendante. Le soleil n'était même pas encore levé. Bon Dieu. J'espérais ne jamais devenir gros à ce point. Mais le chef n'était pas juste gros. C'était un colosse. Une sorte de grizzly géant. Je l'avais vu balancer une patate qui avait envoyé un mec dans le comté d'à côté. Quand le chef frappait un type, le type restait à terre. Alors je m'abstenais de faire des vannes sur les gros. En tout cas à voix haute.

— Vous pensez que ses frères sont au courant? demanda Billy.

— Ça m'a traversé l'esprit, dit Krueger. Je pense que je vais aller faire un tour là-bas.

Les frères Jordan. Ils étaient six — enfin, cinq à présent. Brett, l'aîné, purgeait une peine de prison pour transport de méthamphétamine, mais les autres risquaient de ne pas très bien prendre la nouvelle au sujet de leur frère Luke. Matthew était un gros abruti. Evan et Clay pouvaient être salement mauvais, et je savais que le cadet, Jason, avait tué un type à coups de hachoir à viande. Il s'en était tiré avec la légitime défense.

— Vous pouvez peut-être juste téléphoner, chef. Ils habitent à plus de trente kilomètres d'ici.

Il secoua la tête.

— Y a des nouvelles qu'il vaut mieux aller délivrer en personne.

Il cracha de la chique, qui laissa un fin sillon sur son menton.

— Et je préfère m'assurer que leurs pick-up sont bien garés là-bas. Si j'appelle et qu'ils ne répondent pas, ils pourraient toujours raconter après qu'ils ont eu la flemme de se lever.

Je ne saisissais pas trop bien ce qu'il voulait dire, mais je gardai le silence.

Krueger se frotta le menton.

— Je vais y aller. Billy, je veux que tu ouvres le poste et que tu commences la paperasse. Toby, surveille le corps.

Je clignai des yeux.

— Quoi ?

— Surveille le corps.

— Il va aller nulle part.

Krueger me lança un regard qui suffit à me faire taire.

— Fils, on ne peut pas laisser traîner un cadavre, comme ça, sans surveillance. Tu es l'adjoint du shérif à mi-temps, à toi le sale boulot. Tu veux le décrocher, ton plein temps, non ?

— OK.

— Billy va s'attaquer à la paperasse et laisser un message au légiste du comté. Dieu sait combien de temps ça va prendre à cette grosse feignasse pour arriver jusqu'ici. Je ne serai pas parti longtemps.

Il regarda mon revolver dans le holster que je tenais à la main.

— Colle ça sous ton siège de bagnole.

Billy me fit un clin d'œil et partit pour le poste.

Le chef me posa une main sur l'épaule.

— Tu sais que j'ai confiance en toi, gamin ?

— Je sais.

— Mais il faut que tu grandisses un peu. Si on te prend à plein temps, il faudra prouver aux autres que t'es à la hauteur. Que tu fais partie de l'équipe. D'accord ?

J'acquiesçai.

Le chef avait connu mes parents, il était au courant de ma situation quand j'étais revenu. Certaines personnes en ville avaient fait une drôle de tête quand il m'avait donné l'étoile en fer-blanc. Même si c'était seulement à mi-temps. Mais personne ne lui avait posé de questions. C'était lui le chef.

Il était aussi le shérif. Le conseil municipal l'avait nommé au poste de chef de la police, mais il avait dû se faire élire pour devenir shérif, et Krueger s'était fait réélire quatre fois d'affilée. Les salaires des adjoints étaient payés par le fonds du comté, alors que le poste du chef dépendait de la ville. Mais vu que Coyote Crossing était la seule ville du comté, je ne voyais pas bien quelle différence ça faisait.

De toute manière, le chef aimait qu'on l'appelle « chef », pas shérif.

Krueger me serra une nouvelle fois l'épaule d'un geste amical.

Il monta dans sa voiture de patrouille et s'éloigna dans le grand rien poussiéreux de l'Oklahoma. L'obscurité avala ses feux arrière, et je restai là, avec mes baskets délacées, à jouer les baby-sitters auprès de la dépouille de Luke Jordan.

Environ dix minutes et trois cigarettes plus tard, j'en avais ma claque de regarder les yeux grands ouverts de Luke, et il faisait sacrément chaud aussi. Je me demandai pourquoi il fallait que je surveille le corps. Ne pouvait-on pas juste l'emballer ? Et pourquoi Krueger n'avait-il pas prévenu les gars du comté ? On n'avait encore jamais eu de meurtre par balle à l'intérieur des limites de la ville. Dans *New York Police judiciaire*, il y a toujours un gars qui vient prendre des clichés du cadavre, aussi je me demandai si Billy n'allait pas revenir un peu plus tard avec un appareil photo. Peut-être qu'ils me laisseraient m'occuper des photos. Ce serait cool de devenir le photographe de macchabées titulaire pour un soir.

Je délaissai le corps et j'entrai au Skeeter's. Wayne était en train de chasser un tas de poussière et de capsules de bouteilles avec un balai usé. Il leva les yeux vers moi. Je lui fis un petit signe de la main, j'ouvris le réfrigérateur et je pris un Coca.

— Je te paierai demain, OK, Wayne ?

— Pas de problème.

Mais il n'avait pas l'air ravi. Les types comme lui se prenaient toujours la tête sur des détails.

Wayne siégeait au conseil municipal mais il balayait toujours son bar lui-même, chaque soir. Coyote Crossing était ce genre de ville. Bon Dieu, si un jour je devenais patron de quoi que ce soit, faudrait pas s'attendre à ce que je passe le balai. Quel intérêt sinon ? Wayne semblait absorbé par sa tâche. Son crâne chauve brillait de sueur. Des yeux noirs, renfoncés, et un visage marqué de cicatrices d'acné. Il travaillait toujours tellement dur que j'avais l'impression qu'il allait s'écrouler d'un moment à l'autre.

Je décrochai le téléphone payant et j'appelai Billy au poste. Il décrocha, et je lui demandai :

— Billy, comment ça se fait que le chef n'a pas appelé le comté ?

Il poussa un gros soupir.

— Laisse-le s'occuper de ça. Contente-toi d'écarter les mouches de Jordan.

— Tu veux quelque chose avant que Wayne ferme ?

— Non merci.

— OK.

Je raccrochai.

Mais au lieu de retourner auprès du corps, je pris un des tabourets que Wayne avait empilés et me perchai dessus pour siroter mon Coca. Je posai la canette froide sur mon front. J'attendais avec impatience qu'on soit au mois d'octobre et que le climat se rafraîchisse un peu.

— On dirait que Luke a eu des problèmes avec des Mexicains.

— Y a pas de Mexicains ici, dit Wayne sans lever les yeux, tout à son balayage.

— Le chef a dit qu'il pelotait le cul d'une fille mexicaine.

— Oh, fit-il, sans s'arrêter de balayer. Il t'a dit ?

— Bien sûr. Pourquoi pas ?

— C'est juste qu'il ne voulait pas que ça s'ébruite, je crois. Le chef va s'en occuper.

— Ouais.

Je remis le tabouret à sa place et sortis avec mon Coca.

Je retournai près du corps. Les yeux de Luke Jordan ressemblaient à du verre humide, sa peau à une espèce de truc caoutchouteux. D'une certaine manière, un corps a l'air factice quand la vie l'a quitté. On aurait dit un faux cadavre dans une maison hantée. Je regardai des deux côtés de la rue. Personne. Je m'agenouillai près de Luke, sortis le portefeuille de sa poche arrière. Pas d'argent. *Merde.* Je remis le portefeuille à sa place. Je trouvai un jeu de clés dans une poche avant. Le chef me demanderait probablement un peu plus tard de déplacer le pick-up de Luke, alors je le pris et le rangeai dans la boîte à gants de ma Nova.

Je m'appuyai contre la Nova, j'allumai une autre Winston. Combien de temps ça allait durer ? Si je devais rester ici toute la nuit, il allait falloir que je m'organise un minimum. Doris, ma femme, devait prendre son service au snack à 7 heures, autrement dit il fallait que quelqu'un vienne garder le petit si je n'étais pas rentré d'ici là. Peut-être cette vieille Indienne qu'on engageait parfois. Elle ne prenait pas cher.

Nom d'un chien. J'avais sacrément besoin que le département me prenne à plein temps, mais Coyote Crossing arrivait en dernière position dès qu'il s'agissait du budget de l'État. Quel abruti avait bien pu nommer cet endroit Coyote Crossing ? Un Blanc, sans aucun doute. À l'origine, l'endroit devait probablement porter un nom indien creek, qui voulait dire « esprit du scorpion d'enfer » ou une connerie de ce genre, puis le rail était arrivé et un Blanc l'avait rebaptisé. Je devrais me renseigner là-dessus un de ces quatre.

Dans ma tête, j'avais une longue liste de choses sur lesquelles je devais me renseigner. Un jour. J'étais pas le genre de mec à avoir une encyclopédie chez lui. À la bibliothèque, peut-être.

Je terminai la cigarette, balançai le mégot d'une pichenette et regardai ma montre. Je venais de tuer exactement quatre-vingt-dix-sept secondes.

Fait chier.

Tant pis.

Je parcourus à pied les trois pâtés de maisons jusqu'au domicile de Molly. Molly était à peu près la seule chose de bien qui me soit arrivée dans ce bled quand j'étais rentré. J'étais parti avec une guitare et six cents dollars en poche, que j'avais économisés en tondant des pelouses et en plantant du gazon. J'étais revenu pour enterrer ma mère, et puis j'étais resté coincé là. La ville ne s'était pas agrandie d'un pouce depuis mon départ. Bordel, on était tellement loin de tout qu'on ne pouvait même pas se servir des téléphones portables. Les satellites ne passaient pas au-dessus de nous. On aurait aussi bien pu se trouver dans une putain d'autre dimension. J'étais étonné qu'ils se soient même donné la peine d'indiquer ce bled sur les cartes routières.

Les premiers temps, j'avais pensé monter un groupe, mais il n'y avait que des lycéens punk, qui en étaient encore à se prendre les pieds dans leur propre bite, ou des vieux qui jouaient du banjo. Et puis, de toute manière, où est-ce qu'on aurait joué ? Au Skeeter's, il n'y avait même pas assez de place pour installer une batterie. Bref, laisse tomber. De toute façon, j'allais devenir représentant de la loi. C'était mieux que rien.

Je ralentis en arrivant au coin de la cour de Molly, le temps de m'assurer que la voie était libre. C'était une petite maison plutôt chouette, avec trois chambres à coucher, un grand porche à l'avant et une balançoire. La baraque datait d'une cinquantaine d'années mais était en bon état. La chambre de Molly se trouvait sur le côté. Je frappai à sa fenêtre. Son beau-père était chauffeur de semi-remorques et passait son temps hors de la ville, mais je ne voulais pas courir le risque de le voir débarquer plus tôt que prévu, alors je passais toujours par la fenêtre. Molly aurait dix-huit ans dans deux mois. Sa mère avait mis les bouts un an plus tôt.

Elle vint à la fenêtre, et je vis que je ne l'avais pas réveillée. Parfois, elle passait toute la nuit à fumer des clopes au clou de girofle et à lire des bouquins. Elle tenait à la main un poche d'Ayn Rand. Un gros livre. Moi, en général, je ne lisais rien de plus épais que *Road & Track*.

Molly était jolie et avait un look original, c'était ce qui m'avait attiré chez elle au départ. Des cheveux teints très noir comme de la soie humide, du rouge à lèvres noir, un anneau dans le nez et une peau blanche, très blanche. Elle disait qu'elle attendait ses dix-huit ans pour foutre le camp de cette ville de merde et ne plus jamais regarder en arrière. Je ne savais pas trop comment prendre ça, mais il restait encore deux mois. Parfois, deux mois, c'est très long. D'autres fois, ça passe en un clin d'œil.

— Viens, susurra-t-elle en ouvrant la fenêtre en grand.

Je grimpai par l'encadrement et elle referma la fenêtre.

Elle se mit aussitôt à se déshabiller, mais je l'arrêtai.

— J'ai pas le temps. Je voulais juste passer te dire bonsoir. Tu veux qu'on aille au lac demain ?

— Et Doris ?

— Je lui dirai que je fais des heures sup, ou autre chose. On peut aller nager et s'allonger sur les rochers.

— Trop chaud. Je vais prendre un coup de soleil.

Et, de toute manière, elle continuait de se désaper. Elle portait un anneau d'argent sur un de ses tétons couleur framboise.

— Quelqu'un a tué Luke Jordan.

Elle était nue à présent, mais la nouvelle la stoppa net et elle ne s'approcha pas de moi.

— Comment ça ?

Je haussai les épaules, j'admirai sa peau d'un blanc laiteux et je me dis que je pourrais peut-être la sauter vite fait avant de retourner près du corps sans que personne ne remarque mon absence.

— Je crois qu'il a dragué une Mexicaine qu'il ne fallait pas et que quelqu'un l'a flingué.

Je m'assis sur son lit et baissai mon pantalon de jogging, mon érection jaillissant au grand jour.

— Ils l'ont réduit en charpie.

J'essayai de la positionner sur moi, mais elle repoussa mes bras et s'agenouilla entre mes jambes. Je sentis son souffle chaud, là en bas. Elle me secoua la tige, puis je sentis des lèvres chaudes et humides m'envelopper. Sa tête commença à s'agiter, mais en douceur. Ma bouche s'ouvrit, laissant échapper un gémissement, presque comme un sifflement. Je le ressentis à travers tout mon corps, comme si chacun de mes nerfs s'était allumé.

Ensuite, elle grimpa sur moi, et grogna quand je la pénétrai.

— J'ai envoyé ma candidature, pour une école d'art à New York…

— Ah ouais ?

Je donnai un coup de reins et j'imposai mon rythme, doucement.

— Je pense pouvoir décrocher une bourse. Genre, je dois rassembler tous mes trucs dans un portfolio…

Elle se mit à onduler du bassin, par petits cercles, en se mordillant la lèvre inférieure.

— Tu pourrais venir avec moi.

C'était impossible, pas avec Doris et le petit. Et elle le savait. C'est sans doute pour ça qu'elle posait la question : je ne pourrais pas lui reprocher de ne pas l'avoir proposé, mais sans risque que je la prenne au mot. Cela dit, ce serait super cool d'aller à New York. Je pourrais sans doute jouer avec un groupe. J'aimais m'imaginer là-bas, mais je détestais penser à une vie que je ne pouvais pas avoir.

— Qu'est-ce qui va se passer, pour Luke Jordan ? demanda-t-elle.

— J'en sais rien.

Mais je n'avais plus envie de parler, et je me mis à la besogner avec plus d'acharnement, plus vite, j'accélérai le rythme et empoignai ses fesses pour l'enfoncer sur moi tout en cambrant le dos. Je fus secoué de spasmes, puis on s'affala, serrés l'un contre l'autre dans la chaleur, la sueur, la nuit sombre et silencieuse.

Je restai allongé un petit moment, le temps ne paraissait plus vouloir dire grand-chose, mais il ne s'écoula sans doute pas plus d'une dizaine de minutes. Je sortis du lit et renfilai mon pantalon de jogging. Molly se retourna et remonta le drap sur sa poitrine. Je la saluai de la main et ressortis par la fenêtre.

Sur le chemin du retour vers le pick-up de Luke Jordan, je m'efforçai de réfléchir, pour savoir si je me sentais mal ou non au sujet de Molly. Je me dis que Doris ne le saurait jamais, donc que ça ne pouvait pas lui faire de peine. Et puis, de toute façon, Molly serait partie dans quelques mois. Merde, qu'est-ce que j'en savais ? Je devrais peut-être rompre avec elle, sans attendre, mais je n'étais sans doute pas plus capable de m'en passer qu'un junkie de décrocher de sa came. C'est sacrément dur de bien faire.

Je revins auprès du pick-up, m'arrêtai, clignai des yeux, fis trois fois le tour du véhicule, les tripes de plus en plus nouées par le sentiment de panique qui m'envahissait.

Luke Jordan n'était plus là.

2

Je courus autour du pick-up à la recherche du corps, scrutai les deux côtés de la rue. À essayer de regarder partout à la fois, j'avais la tête qui tournait. Le monde semblait pencher un peu et se mettre à vaciller.

Luke avait disparu.

— Oh… merde.

Il y avait eu cette fois-là, quelques années auparavant, j'étais à Austin et je devais prendre un vol pour Tulsa afin de revenir pour l'enterrement de maman. J'étais à l'aéroport, j'ai posé la main à l'endroit où devait se trouver mon portefeuille et il n'y était pas. Vous connaissez cette sensation dans vos tripes : une grosse tuile vous tombe dessus et vous savez pertinemment que vous ne pourrez rien y faire, qu'il est déjà trop tard ? Comme là, je savais que je n'aurais pas le temps de rentrer chez moi et de revenir à l'aéroport assez tôt pour attraper mon vol. Eh bien, prenez cette sensation et multipliez-la par deux millions, voilà ce que je ressentais en cherchant à quatre pattes le cadavre de Luke sous le pick-up.

La différence, c'est que la fois d'avant j'avais retrouvé le portefeuille dans une autre poche. Luke Jordan, lui, ne réapparaissait pas.

Je parcourus les rues au pas de course, scrutant le moindre coin sombre. Peut-être n'avait-il jamais été mort, peut-être avait-il rampé pour se réfugier quelque part. Dans une situation pareille, on a ce type de pensée débile, on envisage d'improbables scénarios qui remédieraient comme par miracle au désastre. Je finis par revenir près du pick-up, pour fixer stupidement la portion de route où le corps aurait dû se trouver.

J'étais baisé, dans les grandes largeurs.

Le Skeeter's était éteint, mais j'allai quand même jusqu'à la devanture, je posai mes mains en coupe contre la vitre et regardai à l'intérieur. Wayne était peut-être encore là en train de nettoyer. Il avait peut-être vu quelque chose. Un autre scénario miracle, que j'élaborai au fur et à mesure. Wayne était peut-être sorti pour emporter le corps à l'intérieur. Je frappai à la vitre. Pas de réponse.

J'allumai une cigarette, je m'efforçai de réfléchir à ce que j'allais faire. J'avais complètement et totalement foiré sur ce coup-là. On ne me prendrait jamais à plein temps si je paumais un cadavre. J'étais plutôt parti pour me faire virer, oui, et ensuite ? Le petit usait une bonne centaine de couches par jour. On n'avait aucun moyen de s'en sortir en ne vivant que sur la paie et les pourboires de Doris. J'allais devoir me dégoter un boulot merdique de voirie ou un truc du genre. Bon Dieu. Doris allait être furax.

Les trois minutes de marche qui me séparaient du poste de police m'en prirent dix, tant je traînais les pieds sur le trajet en espérant qu'une idée me tombe du ciel. Je fumai une cigarette devant la porte du poste. La dernière du paquet. Je froissai le paquet, m'apprêtai à le jeter dans la rue puis me souvins que j'étais censé incarner la loi. Je m'y raccrochai.

Sûr que je n'étais plus vraiment en position d'y faire carrière. Mais quand même.

Une idée me traversa l'esprit : Billy m'avait peut-être fait une blague, peut-être même avec la complicité de Karl. Karl était un des autres adjoints du shérif, avec Amanda, mais Amanda ne se serait jamais foutue de moi à ce point. Maman disait toujours que les filles mûrissaient plus vite que les garçons, et que certains garçons n'arrivaient simplement jamais à mûrir du tout. Ma première semaine de service, Billy et Karl n'avaient pas arrêté de m'adresser des messages radio bidon, m'envoyant à la chasse au dahu à travers tout le comté.

Une fois, ils m'avaient appelé à l'aide pour ces lycéennes qui se baignaient à poil là-haut, dans l'étang de Red Hawk. C'est à cinquante kilomètres. J'avais mis la gomme, impatient d'arriver là-bas avant qu'ils me dissuadent d'intervenir. Cent kilomètres aller et retour. Exactement le genre de truc que Karl trouvait hilarant.

Je souris, me sentis un peu mieux. À tous les coups, c'était ça. Les gars me charriaient. Sans doute que Billy et Karl avaient déjà ramené le corps de Luke Jordan au poste, qu'ils étaient morts de rire pendant que je m'affolais à chercher partout le cadavre. Histoire de bizuter le bleu. *OK.* Ouais, sûr que c'était ça. *Gros malins, va.*

Je piétinai la cigarette pour l'écraser et pénétrai à l'intérieur. Billy leva les yeux de son bureau quand j'entrai, m'accueillant d'un signe de tête.

— Toby.

Je le saluai d'un signe des deux doigts. J'allais la jouer l'air de rien si c'était ce qu'il voulait. Je jetai le paquet de cigarettes vide dans la poubelle.

Billy griffonnait des papiers, l'air soucieux. Il détestait la paperasse. Qui aimait ça ?

J'examinai le poste de police. Il n'y avait pas grand-chose à voir. Quelques cellules de détention, un bureau, un placard pour l'armurerie, une pièce dans le fond. Un ventilateur au plafond qui tournait si lentement que c'était presque à reculons.

— Tu as des clopes ?

Billy secoua la tête sans même lever les yeux.

— Tu fumes trop.

Je me dirigeai vers la pièce du fond. On y disposait chacun d'un casier, le mien était tout au bout, à côté de celui d'Amanda. Il y avait aussi un petit coffre-fort et un classeur métallique. Une porte donnait sur l'allée derrière.

J'ouvris mon casier. Ma chemise de rechange kaki d'adjoint du shérif pendait sur un cintre. Je fouillai les poches, à la recherche d'un paquet de cigarettes, mais pas de bol. *Zut.* Et le seul endroit ouvert était la station Texaco, là-bas sur l'autoroute. Avais-je vraiment envie de fumer à ce point ?

J'entendis un bruit dans l'allée et ouvris la porte du fond. C'était encore ce chien jaune que j'avais déjà vu traîner par ici. Une sorte de bâtard, un clebs mâtiné de labrador. Gros. Il avait renversé la vieille poubelle métallique qu'on gardait là et farfouillait dans les détritus.

— Ouste ! Va-t'en.

Je lui fis le geste de décarrer.

Le chien grogna en me montrant les dents, alors je retournai dans le poste en fermant la porte derrière moi.

— Y a ce chien qu'est revenu dans l'allée.

— Ah ouais ? J'ai ramené quelque chose pour ça.

Billy ouvrit le tiroir du bureau et en sortit un flingue

vert vif, en plastique. On aurait dit le pistolet laser de Buck Rogers.

— Tu veux que je le désintègre ? fis-je, un peu surpris.

— C'est un pistolet à eau rempli d'ammoniac, dit Billy. Un truc que j'ai appris d'un facteur. Ça leur pique la peau, surtout autour de la truffe et des yeux. Ça va le faire déguerpir.

— OK.

Je pris le pistolet à eau et retournai dans l'allée.

Quand j'ouvris la porte, le chien recula de quelques pas, grogna encore un peu, mais globalement il avait juste l'air craintif. Du pied, je repoussai le gros des détritus dans la poubelle, je la redressai et remis le couvercle dessus. Le chien ne grognait plus après moi. Il se contentait de m'observer. Il avait l'air triste et affamé. Le cœur me manquait pour l'annihiler de giclées d'ammoniac.

J'ouvris la poubelle et je fouillai dedans jusqu'à ce que je trouve un morceau de hamburger, pas trop vieux. Je remis le couvercle sur la poubelle et posai le pistolet à eau vert dessus. Puis je m'accroupis et tendis le hamburger.

J'attendis quelques secondes, mais il finit par s'approcher et prendre la nourriture. Il me laissa le gratter derrière les oreilles. Remua la queue. Il avait l'air maigre, mais pas malade. Il ferait probablement un bon chien de chasse. Je le suivis des yeux lorsqu'il repartit dans l'allée en trottinant.

Je retournai à l'intérieur.

— Tu l'as aspergé ? demanda Billy.

— Ouaip.

Je m'assis sur le coin du bureau.

Billy se redressa en sursautant.

— Hé ! Tu n'es pas censé garder Luke Jordan ?

Je lui adressai un sourire narquois.

— Comme si tu n'étais au courant de rien.

Il se leva, se pencha par-dessus le bureau.

— Je ne plaisante pas, Toby. Qui est dehors avec Jordan ?

Merde. Billy était sérieux. Je devais tout revoir depuis le début. Si lui et Karl ne me menaient pas en bateau, alors je venais vraiment de paumer un putain de cadavre. Bon Dieu, pourquoi ce genre de tuile me tombait dessus ?

— Écoute…

Comment présenter les choses pour que ça n'ait pas l'air d'une bourde colossale ?

— … Je suis juste allé aux toilettes, genre deux minutes…

— Abrège, dit Billy.

— Je ne sais pas où est le corps.

— Quoi ?

— Je n'étais même pas parti deux minutes.

— Oh, bon Dieu, Toby !

— Je croyais que, toi et Karl, vous me faisiez marcher.

Il se frotta les yeux et poussa un gémissement.

— Putain, je suis désolé.

Je tendis la main vers la radio.

— Laisse-moi appeler le chef. Je lui dirai moi-même.

— Non, dit aussitôt Billy. Attends juste une seconde.

Il se gratta la tête, cogita. On pouvait presque entendre grincer ses engrenages rouillés.

— Écoute, peut-être…, commença-t-il en se grattant le menton. Peut-être que j'ai entendu le chef dire quelque chose à Karl, comme quoi il faudrait emballer le corps. J'en suis pas sûr. Bon, je vais vérifier, OK ?

— Je me sentirais mieux si tu l'appelais pour lui demander, dis-je. Je ne veux pas me ronger les sangs toute la nuit.

— Je l'appellerai un peu plus tard.

— Ça prendra à peine une minute et…

— Rentre chez toi, Toby.

Décollant de son bureau, je levai les mains et gagnai la sortie en traînant les pieds. Pas besoin de me faire un dessin.

Une fois dehors, je m'arrêtai et me postai dans l'ombre juste à côté de la fenêtre. À peine étais-je sorti que Billy passait déjà un appel radio. Il voulait sans doute profiter de mon absence pour me casser du sucre sur le dos auprès du chef. *Merde.* Mais bon, putain, j'avais paumé ce fichu cadavre. S'ils me viraient, on ne pourrait pas dire que je ne l'avais pas cherché. J'avais foiré un max et j'appréhendais de rentrer pour l'avouer à Doris. Et si j'attendais ? La situation s'arrangerait peut-être dans la matinée, ou au moins je trouverais une manière de lui présenter les choses sans passer pour un débile complet.

Je sursautai en entendant les pneus crisser. Au bout de Main Street, je vis la Trans Am 1980 et quelques descendre la rue en zigzaguant. Je reconnus la voiture. J'attendis qu'ils soient tout près, je sortis de l'ombre pour m'avancer sur la route et levai une main.

La Trans Am piqua un peu du nez en stoppant. J'approchai du véhicule et je me penchai à la vitre du conducteur. Deux petites frappes, des ados. Je les avais déjà vus dans les parages mais leurs noms ne me revenaient pas. Des lycéens qui faisaient les cons, au beau milieu de la nuit. Et un jour d'école, en plus. Était-ce mon devoir civique de houspiller des gamins plus ou moins inoffensifs ? Ça oui.

— Un peu tard pour sortir, non ?

Celui qui se trouvait du côté passager me lança :

— Et alors ?

Le conducteur lui flanqua un coup de coude.

— Ferme-la, mec.

Siège Passager se pencha, eut un aperçu de l'étoile épinglée à mon tee-shirt.

— Désolé.

Mais il n'avait pas l'air désolé. Ils ne le sont jamais sincèrement.

— Vous devriez plutôt être chez vous, non ?

Le conducteur haussa les épaules, comme une sorte de geste d'excuse bidon.

— On allait au Texaco chercher des Coca.

— Vous avez des cigarettes ?

Ils palpèrent tous deux leurs poches, ne sachant pas très bien s'il valait mieux pour eux en avoir ou non.

Ce genre de jeunots, les petites villes en pondaient à la chaîne. Jeans, tee-shirts et baskets. L'un d'eux portait une casquette des Oklahoma State Cowboys, d'un orange si délavé qu'on aurait dit du vomi. Le conducteur arborait un léger duvet au-dessus de la lèvre supérieure : il racontait sans doute à qui voulait l'entendre que c'était une moustache. Ils s'occupaient en jouant au football et en pelotant les filles jusqu'à ce qu'ils finissent le lycée. Certains resteraient dans le coin et feraient des bébés demeurés cent pour cent bouseux d'Oklahoma ; d'autres partiraient tenter leur chance dans le grand monde et s'en prendraient plein la gueule. Je me sentais triste pour eux, mais je savais très bien ce qu'ils pensaient. Ils me regardaient en se disant que, une fois partis de ce bled, eux ne reviendraient *jamais*.

Je me sentais triste pour moi aussi, car j'étais revenu.

Le conducteur me tendit entre deux doigts un paquet à moitié vide de Marlboro light. J'en pris une, la fichai dans ma bouche. J'hésitai un instant à garder le paquet, mais je me ravisai. Je ne voulais pas être ce genre de flic.

— Vous feriez mieux de rentrer chez vous. Si le chef vous chope à cette heure-ci en train de faire les cons, il ne sera pas aussi gentil que moi.

Mon conseil les dégrisa un peu. Le chef aimait que la ville soit calme et tranquille, tout le monde le savait.

— On est désolés, dit le conducteur.

Il paraissait presque sincère cette fois.

— Ne soyez pas désolés. Rentrez juste chez vous.

— OK.

Ils s'éloignèrent.

J'allumai la Marlboro, je la fumai. Immobile.

Merde.

Je retournai à pied jusqu'au pick-up de Luke Jordan, fermai les portières, les verrouillai. J'examinai une nouvelle fois les alentours, comme si le corps, de son plein gré, avait pu revenir en rampant. Je n'arrivais toujours pas à y croire. Je montai dans la Chevy Nova et partis vers le sud sur la Route 6, en direction de l'autoroute.

Le halo des lueurs de la ville s'estompa au bout de trois minutes et je me retrouvai plongé dans ce ténébreux néant intersidéral qu'était l'Oklahoma. C'était possible ici, d'aller se perdre dans un grand nulle part d'un noir total, sauf quand on levait les yeux. De grosses étoiles scintillantes, que n'occultait aucune lumière citadine. Comme des diamants posés sur du velours noir, ce genre de conneries. Des gens intelligents avaient imaginé mille manières de dire « étoiles brillantes » et « nuit noire » en s'arrangeant pour que ça sonne comme du Shakespeare. Mais si on regardait en l'air, si on se laissait happer par cette immensité, on pouvait un peu comprendre pourquoi les poètes étaient tentés de s'y essayer.

Je me revois, la nuit, étendu sur la rive du lac avec Doris;

on se partageait une bouteille de vin bon marché et j'observais simplement les étoiles, content de me sentir si petit. J'avais fait la même chose avec Molly aussi. Étrangement, en partageant ce genre de moment avec elle, j'avais plus l'impression de tromper ma femme que quand je la baisais.

Je poussai la Chevy à presque cent cinquante. J'allumai la radio et je fis défiler toutes les stations de country jusqu'à tomber sur une fréquence qui diffusait une chanson de Blind Melon. Je montai le volume.

D'ordinaire, il n'y avait personne sur la 6 à cette heure de la nuit. Et donc, juste à cet instant, des phares étincelèrent au loin derrière moi. Qui se rapprochaient.

Je savais pertinemment que c'étaient ces petits branleurs dans la Trans Am. C'est le problème, quand on est adjoint du shérif à mi-temps avec une étoile épinglée sur un vieux tee-shirt Weezer miteux. On se retourne cinq secondes après être intervenu, et ils ont déjà recommencé leurs conneries. Les gosses.

Mais quand la voiture fut plus proche, je m'aperçus que les phares ne collaient pas du tout. Ce n'était pas la Trans Am. Lorsqu'elle arriva à environ trois longueurs derrière moi, la bagnole ralentit pour se mettre à mon train. Je ralentis également, pensant que le conducteur voulait peut-être me dépasser, mais il resta derrière.

À cette vitesse, j'en avais encore pour dix bonnes minutes avant d'arriver au Texaco, et j'aurais préféré que cet abruti ne me colle pas au train tout le long, mais il n'avait pas l'air de vouloir doubler. Je tapotai la pédale de freins, vis la nappe de lumière rouge des phares flamber dans le rétroviseur. *Prends ça, enfoiré.*

Il rétrograda d'un cran mais resta à mon train. J'espérais le faire suffisamment chier pour l'obliger à doubler. *D'accord, on va essayer la solution inverse.*

J'appuyai sur le champignon.

Le V-8 rugit, et j'accélérai d'un coup. Il ne pouvait pas me suivre, ou bien il n'essayait pas. Je vis la lueur des phares s'enfoncer dans l'obscurité derrière moi à mesure que l'aiguille du compteur dépassait les cent cinquante. Celle de la jauge d'essence se dirigeait presque aussi vite dans la direction opposée. Cette putain de bagnole consommait de la sans-plomb aussi avidement que Doris buvait du Mountain Dew.

Néanmoins, elle en avait sous le capot. D'apparence, c'était une guimbarde rouillée, mais j'avais bricolé ses entrailles tous les week-ends jusqu'à ce qu'elle ronronne comme un petit chat. J'avais bien fait de changer l'huile et les filtres. Elle dépotait.

Seuls deux petits points de lumière signalaient encore la présence de la voiture derrière. *Bouffe la poussière, abruti.*

Je gardai cette vitesse de croisière, ne ralentissant qu'après plusieurs minutes, quand un vague semis de lumière révéla la présence de l'autoroute juste devant. Il n'y avait aucune voiture garée dans le parking du Texaco, mais je ne m'en souciai pas vu que la station-service était ouverte vingt-quatre heures sur vingt-quatre. Je me garai juste devant la boutique et coupai le moteur.

Un Coca et un paquet de Winston, et je serais paré. Je cherchai mon portefeuille.

Je ne l'avais pas.

Merde. Mon portefeuille était resté dans la poche arrière de mon jean, au mobile home. J'ouvris la boîte à gants et je me mis à fouiller sous les sièges, grappillant quelques pièces de vingt-cinq et dix cents. Insuffisant. Je me mis en quête de pièces de un et cinq cents. Sous les sièges de ma voiture : des paquets de Winston écrasés, des stylos, des reçus de distributeur, des emballages de fast-food. J'étais un peu gêné. J'aimais prendre plus soin que ça de la Nova.

Il y en avait assez pour les Winston, mais pas pour le Coca. *Les priorités, pense aux priorités.*

Je sortis de la Nova et vis une voiture garée à l'opposé des pompes à essence, qui n'était pas là dix secondes plus tôt. Si c'était la même qui m'avait suivi sur la 6, elle n'aurait eu aucun mal à me recoller au train. Une Ford Mustang Mach 1 rouge cerise. Et toute pimpante avec ça. Ce bolide aurait pu engloutir ma Nova et la chier par le pot d'échappement sans problème. Ce n'était peut-être pas eux.

J'entrai dans la boutique acheter les cigarettes.

Il y avait une nouvelle à la caisse.

— Où est passé Wally ?

— J'connais pas d'Wally.

Elle avait un accent du cru à couper au couteau, à tel point qu'il aurait fallu une scie à métaux pour en découper les syllabes. Elle feuilletait un numéro de *La Mariée moderne*. Pas si moche. Des dents de lapin. Des taches de rousseur.

— Larson vous a embauchée ?

Ellc hocha la tête.

— Commencé hier soir.

Elle replongea le nez dans *La Mariée moderne*.

— Vous vous mariez ?

— Non.

— Un paquet de Winston.

Je plaquai la monnaie sur le comptoir en un tas désordonné. Elle ramassa les pièces et les balança dans le tiroir-caisse sans se donner la peine de les compter.

J'ouvris le paquet et me plantai une clope dans le bec.

— Pas l'droit fumer ici.

Je tapotai du pouce l'étoile sur mon tee-shirt.

— C'est bon. Je me donne la permission.

— Vous l'avez eue par correspondance ? Mon neveu de neuf ans, il en a trouvé une dans une boîte de céréales.

Je laissai tomber et me dirigeai nonchalamment vers la devanture. La Mach 1 était toujours là. Je tentai d'épier à travers une vitrine en prenant l'air du mec qui n'épiait pas à travers la vitrine, mais je n'aperçus personne. Il ne prenait pas d'essence à la pompe, ni rien. Bien sûr, j'aurais pu aller voir là-bas et pencher la tête à la vitre, comme avec les gamins dans la Trans Am, mais je n'en fis rien. Je ne sais pas pourquoi. Je ne le fis pas, c'est tout.

— Vous avez déjà vu cette voiture avant ?

— Nan.

Je fis le tour de la boutique une fois, comme si je continuais mes emplettes. La voiture était toujours garée là-bas. Je n'avais pas trop envie de sortir.

— Bon, je crois que je ferais mieux d'y aller. Passez une bonne nuit.

La fille aux taches de rousseur me fit au revoir sans lever la tête. Elle s'était replongée dans son magazine.

Je sortis sur le parking en gardant la Ford dans mon champ de vision périphérique pendant tout le trajet jusqu'à la Nova. Je m'attendais à moitié à ce qu'elle démarre, ses phares s'enflammant comme des yeux diaboliques. Je m'obligeai à ouvrir la portière sans précipitation, mis la ceinture de sécurité, j'enfonçai la clé dans le contact. Bon Dieu, je n'allais quand même pas me flanquer moi-même la frousse avec ces conneries de voiture diabolique. Mon imagination me jouait des tours.

Je restai assis dans la voiture, la vitre baissée, le dos trempé de sueur. J'observai de loin la fille aux taches de rousseur. Elle tournait les pages de son magazine. Pourquoi les femmes lisaient-elles des trucs pareils ? Elle ne devait pas habiter à Coyote Crossing, sinon je l'aurais déjà vue. Je jetai un coup d'œil à la Mustang, qui se contentait d'être une Mustang, garée là. Je tirai sur ma cigarette, penchai la tête par la vitre et soufflai la fumée vers la lune. *Gros fromage vert. Tarte à la crème de banane dans le ciel. L'homme dans la lune a une mauvaise peau.* La Mustang restait garée là. Je démarrai la Nova et repris la 6 en direction du nord.

Retour dans la profonde nuit d'Oklahoma. Je positionnai la Nova au centre de la route et la laissai bouffer les lignes en pointillé comme dans Pac Man. À Noël dernier, Doris avait eu cette console, qui se branchait à la télé, avec une flopée de jeux vidéo vintage comme Pac Man et Galaga. Enfin, par vintage, je veux dire ces vieux jeux vidéo tout pourris qu'on peut avoir pour pas cher. On était restés éveillés une bonne partie de la nuit, et on y jouait certaines nuits quand on arrivait enfin à faire dormir le petit. Si le département me passait à plein temps, j'avais prévu de m'acheter une de ces nouvelles consoles Wii qu'a lancées Nintendo.

Je me sentais détendu, je fredonnai en tirant sur une nouvelle Winston. Il se passa peut-être trois minutes, et je vis de nouveau les phares dans mon rétroviseur.

Cette fois, ils ressemblaient vraiment aux yeux du diable.

3

Bon, la vérité, c'est que j'avais beaucoup d'imagination. Ma mère me l'avait toujours dit. Trop d'imagination. Je détestais aller dans la grange de nuit, à l'époque où la famille possédait quelques hectares au sud de la ville. Jusqu'à ce que j'atteigne l'âge de douze ans, j'avais la trouille d'y aller. Les outils, le tracteur, le foin dessinaient des formes bizarres dans l'ombre. Un gamin imagine toutes sortes de monstres dans le noir. Des formes en pagaille à la lumière de la lune. La course d'un rat dans la grange peut évoquer bien d'autres choses.

Et la nuit d'Halloween, après s'être maté deux, trois films d'horreur ? Laisse tomber. Même pour mille dollars, je n'aurais pas mis un pied dans la grange. Je me souvenais de ce film sur des araignées tueuses qui se multipliaient dans une grange, pleine de toiles et tout ça. Mieux valait ne pas y penser.

Papa avait perdu cette grange à cause des arriérés d'impôts, puis il était mort. Deux putains de réalités en autant de mois.

Mais j'avais toujours cette imagination débridée.

J'imaginais sans difficulté Luke Jordan en zombie au volant de la Mustang du diable derrière moi. Il n'y avait jamais de circulation sur la 6 à cette heure de la nuit. Alors se faire suivre *par hasard* tout le long du trajet jusqu'au Texaco *et* retour ? Impossible.

OK, donc ce n'était probablement pas un zombie. Alors qui ?

J'appuyai sur le champignon.

La Ford accéléra jusqu'à arriver à une centaine de mètres derrière moi et garda cette distance. Coyote Crossing apparut au loin, et je mis les gaz, avant de ralentir à nouveau en arrivant dans la ville, mais avec un peu plus d'espace entre mon poursuivant et moi. Je pris la première sur la gauche sans ralentir ni mettre de clignotant, puis je bifurquai aussitôt sur la droite dans l'allée derrière la caserne de pompiers, avant que le type qui me filait puisse voir où j'allais. Je fis marche arrière pour dissimuler la voiture derrière une benne à ordures et coupai les phares. En me penchant par-dessus le volant, juste au coin de la benne, je pouvais apercevoir la route.

D'abord, il ne se passa rien, et je crus m'être trompé. Puis une flaque de lumière jaune se répandit dans la rue, suivie par la Mach 1. Elle roulait lentement, à environ vingt-cinq kilomètres à l'heure ; peut-être à ma recherche, peut-être pas. Elle poursuivit son chemin. Je restai assis et fumai une cigarette. Constatant que la Mustang ne revenait pas, j'embrayai et manœuvrai pour sortir de l'allée.

Je repris Main Street et me dirigeai vers le parc à mobile homes, à l'ouest de la ville. Je gardai un œil sur le rétroviseur, mais les phares ne réapparurent pas. Je laissai échapper un soupir de soulagement.

Je traversai donc la ville en direction de l'ouest, pour déboucher à nouveau en pleine cambrousse, mais pas pour longtemps cette fois. Deux minutes plus tard, j'atteignis un coin près de chez moi, une petite gargote minable appelée Sam's, une station essence et un vieux parking désaffecté. Une ou deux fois par mois, des gens y organisaient un marché aux puces. Deux cents mètres plus loin, je m'engageai dans l'entrée du parc, un assemblage de vingt mobile homes miteux qui attendaient tous qu'une tornade déboule pour mettre fin à leur misère.

Je me rangeai à côté de la vieille Monte Carlo jaune de Doris. Je laissai tourner le moteur de la Nova et fis défiler les stations de radio jusqu'à ce que je tombe sur une chanson de Garbage. J'allumai une autre clope. Je ne savais pas si je préférais que Doris dorme encore ou non. J'avais envie de parler, de ne pas être seul. Quand on est en compagnie de quelqu'un qui dort, au fond, on est quand même seul. Sauf peut-être quand cette personne se blottit contre vous. Là, c'est différent.

Lorsque j'étais revenu à Coyote Crossing pour l'enterrement de maman, on m'avait dit que j'avais hérité du mobile home. Il n'avait rien de beau ni de plaisant, mais c'était plus que je n'avais jamais eu. C'était un endroit où échouer le temps que je redéfinisse mes projets. Peut-être que je le vendrais pour partir en Californie ou à La Nouvelle-Orléans, ou même à Londres, pourquoi pas ? On peut traîner avec toutes sortes de groupes cool à Londres. En tout cas, c'est ce que je pensais faire : sécher mes dernières larmes sur la tombe de maman, et décamper aussitôt, libre comme l'air, vers la grande aventure de ma vie.

La nuit qui suivit l'enterrement, quelques vieux potes de lycée sont venus me sortir pour me réconforter autour de quelques bières ; l'amie d'une cousine d'un des potes était là ;

elle s'est sentie si désolée pour moi qu'elle m'a emmené dans la Buick de sa cousine et m'a grimpé dessus. Haletants, on a soulagé ma peine — la bête à deux dos, rien de tel pour oublier la mort. On a même remis ça. C'était Doris. On s'est revus plusieurs fois. Elle semblait impressionnée que je possède mon propre mobile home, disait que j'avais de la chance d'avoir un chez-moi parce qu'elle devait toujours vivre avec ses vieux. Je lui répondis qu'elle avait de la chance d'avoir toujours ses vieux, et je crois qu'elle était gênée. Elle disait toujours des trucs comme ça. Mais, de toute manière, je ne comptais rester en ville que le temps de vendre le mobile home.

Et puis un jour Doris se pointe et me dit qu'elle est enceinte. Et voilà que son père débarque juste là, sous l'auvent, pour me demander si je vais me conduire en homme. Et me voilà marié. Et me voilà père. C'est arrivé si vite, c'est comme si ça arrivait à quelqu'un d'autre. Quand il vous arrive tant de choses d'un coup, vous avez l'impression que c'est la vie qui vous embarque.

Je finis la cigarette et j'entrai en faisant le moins de bruit possible. Je ne voulais pas réveiller le petit. C'est la première chose que vous apprenez quand vous devenez parent. Quand ils finissent par s'endormir, vous faites tout pour les garder comme ça.

Chacun de mes pas faisait craquer et tanguer le mobile home. Bon Dieu, un bon éternuement suffirait à faire exploser l'endroit. Je me débarrassai de mes baskets, me dirigeai sur la pointe des pieds vers la salle de bains et me regardai dans le miroir.

J'avais une sale gueule. Des cernes noirs sous les yeux.

J'avais besoin d'un bon coup de rasoir, mais je grimaçai à cette perspective. Doris se servait de mes rasoirs jetables pour se raser les jambes. Autant me racler la figure avec une spatule. J'avais aussi besoin de me faire couper les cheveux. J'étais à ce stade intermédiaire où ils n'étaient pas assez courts pour avoir l'air soigné, mais pas assez longs pour avoir l'air cool. Je me sentais graisseux, et j'avais un goût de cendrier dans la bouche.

Tous, ils me disaient que je fumais trop. Ils avaient raison.

Je me déshabillai, tendis la main vers le robinet de la douche et le réglai sur eau tiède.

Je grimpai dans la douche et me savonnai, fermai les yeux et laissai le jet me frapper le visage. Je sentis mes épaules se détendre un peu, et je restai là jusqu'à ce que l'eau refroidisse. Le ballon d'eau chaude du mobile home avait la contenance d'une thermos. Je me séchai avec une serviette à peu près propre.

J'eus la chance de trouver un panier de linge lavé sur les toilettes et j'enfilai un caleçon propre. Une douche et des sous-vêtements propres : rien de tel pour se sentir à nouveau humain.

J'allai à la chambre du petit et jetai un coup d'œil à l'intérieur. Son corps formait une petite bosse sous sa couverture bleue, et j'entendis sa respiration régulière. C'était la perfection même. Il y avait eu une période de folie, quand le petit hurlait, ses couches souillées, le mobile home en bordel, Doris qui appelait pour dire qu'elle serait en retard, et je me demandais : comment allais-je pouvoir tenir ? Comment était-ce possible ? Mais il me suffisait de regarder le petit dormir, et tout allait mieux. Il commençait à marcher et à prononcer des mots. Je me rendis dans notre chambre, fermai la porte derrière moi et me glissai à côté de Doris.

Elle sentait bon, un parfum de shampoing Pantene. Pas l'odeur d'œufs sur le plat et de graisse de bacon qu'elle ramenait du boulot. Doris avait de jolies hanches pleines, des seins généreux. Tout ça tomberait sans doute et elle grossirait dans quelques années comme sa mère, mais pour le moment elle était encore bien roulée. Elle avait un large dos hâlé, et elle dormait nue ; je me serrai contre elle et lui fis des mamours. J'enfonçai mon nez dans ses cheveux blonds et je restai immobile une minute. Je savais qu'elle était réveillée parce qu'elle plaqua ses fesses contre mon entrejambe, en se frottant un peu contre moi jusqu'à me mettre sur la voie. Je passai un bras autour d'elle, pris son sein en coupe, et sentis sa main se glisser dans mon caleçon pour me guider en elle. Elle poussa un soupir très doux quand je la pénétrai, et émit une sorte de gazouillis quand je m'enfonçai en elle. Je me mis à la besogner, en l'embrassant sur la nuque.

Avec Doris, le sexe était toujours familier et confortable. Très différent de l'orage passionnel qui se déchaînait avec Molly. Avec Molly, je sentais mes dents grincer, mes muscles se bander. L'un comme l'autre, on baisait comme si on essayait de remporter une victoire. Alors qu'avec Doris, c'était comme se glisser dans un bain chaud. J'aimais avoir les deux.

Je sentis Doris se rigidifier et retenir un gémissement. Elle ne faisait jamais de bruit. J'accélérai mes coups de reins pour imiter son exemple et je jouis trente secondes plus tard. Depuis qu'elle prenait la pilule, on pouvait plus facilement se livrer à ce genre de baises spontanées. C'était vachement pratique, il faudrait que je dise à Molly de la prendre aussi.

Aussitôt que je m'arrêtai, le dernier frisson passé, Doris

roula hors du lit, et je l'entendis se rendre dans la salle de bains.

Je m'assoupis peut-être brièvement juste après, mais je n'en suis pas sûr. En tout cas, pas plus de cinq minutes. L'air conditionné était réglé à fond dans le mobile home pour rendre la chaleur supportable. Je restai allongé dans le noir, les yeux ouverts, à ressasser les mêmes pensées. Que dire à Doris quand je me ferai virer ? Que faire quand Molly s'en ira ? Comment nourrir le petit, lui acheter ses couches et payer le docteur quand il tomberait malade ? Je tournai et retournai ces questions dans ma tête si vite que j'en avais mal au ventre, mais aucune réponse ne me vint.

Je m'assis sur le lit, passai mes jambes par-dessus le bord. Bon Dieu, j'avais juste envie de dormir. *Bordel.*

Je me levai, m'arrêtai dans l'entrée pour regarder à travers les stores. Je m'attendais à moitié à voir une Mach 1 marauder dans le parc à mobile homes ; je me sentis idiot. Un type qui était sorti faire un tour et moi, on s'était rendus nerveux l'un l'autre. Je me demandai si le chef était déjà au courant de ma boulette. L'idée d'appeler Billy au poste de police me traversa l'esprit, mais à la place j'allai dans la chambre du petit.

Toby Austin Sawyer Jr était magnifique, tout rose. Il avait repoussé la couverture bleue d'une jambe, et je vis que Doris lui avait mis son pyjama Bob le bricoleur. C'était le petit garçon le plus beau du monde.

À cet instant, le besoin de le sortir du berceau et de le serrer fort contre moi me submergea presque. Quitte à le réveiller. Il pesait son poids, un vrai petit jambonneau, et il était trapu. Il allait sans doute devenir *linebacker*. Il décrocherait une bourse pour jouer au football américain à Harvard et apprendrait la chirurgie du cerveau. *Mon garçon.*

Je ne le pris pas dans mes bras. Je me contentai de lui caresser le front. Il remua, et je retirai aussitôt ma main. Doris serait vraiment furax si je le réveillais.

J'approchai le rocking-chair tout près du berceau et je m'assis un moment pour le regarder. Une veilleuse en forme de bocal à poissons projetait un doux halo bleuté sur toute la chambre, tous les jouets récupérés et les animaux en peluche. Même le berceau et le rocking-chair venaient de la sœur aînée de Doris. Mes parents étaient morts, mais le père et la mère de Doris nous apportaient plein de vêtements et de jouets. On en avait assez. C'était juste, mais on arrivait à s'en sortir. Bien sûr, la situation allait sans doute changer.

Toby Junior. *TJ.* Chaque fois que je le regardais, la même anxiété me nouait les tripes : je me disais que ça pouvait mal tourner, qu'il pouvait tomber malade, ou que n'importe quelle petite chose pouvait ne pas aller comme il fallait. Comme si des mains de fer m'empoignaient la poitrine et la serraient. Je croisai les bras sur le rebord du berceau et posai la tête dessus, gardai cette position un moment.

La douce respiration du petit était comme une berceuse.

4

Notre salle de séjour exiguë donnait sur la petite kitchenette, de sorte que Doris pouvait préparer le café sur le comptoir tout en continuant à regarder la télévision. Elle avait mis une rediffusion de *The Real World*, avec le volume presque à zéro. Un mec engueulait les gamins de l'émission de téléréalité parce qu'ils étaient censés se lever tôt pour réaliser je ne sais quel projet, mais ils ne s'étaient pas réveillés. Putain, où était le problème ?

— Tu ne te recouches pas ? demandai-je.

Elle haussa les épaules, sans lever les yeux du café en train de passer.

— Je ne vais pas retourner dormir maintenant.

— Je vais en prendre une tasse.

— Quand il sera fini.

— Verse-m'en une tasse maintenant, lui dis-je.

— Il est seulement à moitié passé. Il n'aura pas bon goût.

— Ça m'est égal.

— Eh bien pas à moi.

Elle fit claquer sa langue, secoua la tête et reprit :

— Bon Dieu, c'est toi qui prépares ce putain de café, ou c'est moi ?

— Il y a un clapet si tu retires la verseuse avant que le café soit fini. Pour que ça ne coule pas, lui dis-je d'un ton plein de patience, assez odieux, comme si je m'adressais à un petit enfant. La cafetière est conçue exprès pour qu'on puisse faire ça.

— On a déjà eu cette conversation.

Et voilà qui résumait assez bien notre couple. On s'entendait bien au lit, on se partageait les tâches ménagères, pliant le linge ensemble, faisant la vaisselle avec elle qui lavait, moi qui essuyais et la rangeais dans le placard. Ma mère avait toujours été adepte de la coexistence silencieuse. Parler à tort et à travers ne cause que des problèmes, m'avait-elle dit un jour. Elle avait peut-être raison, vu que Doris et moi, on se bouffait le nez chaque fois que l'un d'entre nous ouvrait sa gueule. Il y avait toujours un truc qui nous tapait sur les nerfs.

Je décidai qu'il valait mieux lui dire quelque chose de gentil.

— Tu n'as pas l'air si grosse.

Elle se rembrunit.

— Quoi ?

— Ton cul, je veux dire.

— Va te faire foutre, Toby.

— Merde, c'est pas du tout ce que je voulais dire, OK?

Elle ne portait qu'une petite culotte blanche et mon tee-shirt Green Day, et je m'étais fait la remarque qu'elle était jolie.

— Tu te regardais dans la glace l'autre jour, tu te souviens ? Et tu as dit que tu trouvais qu'il grossissait. Je dis juste qu'il m'a l'air bien.

— Oh, laisse tomber. Tu veux ton café maintenant ?

— OK.

Elle remplit deux tasses et les apporta jusqu'au canapé. Elle ne s'assit pas tout près de moi, mais pas si loin non plus. Elle me tendit une tasse de café noir, toute blanche. Son mug à elle était plus grand et décoré d'une scène de coucher de soleil nuageux avec des inscriptions sur le côté. Jean 3, 16, je crois.

Je sirotai mon café. Elle aussi. Elle regardait *The Real World* en sourdine.

Je m'efforçai de relancer la conversation, ce qui donna :

— Tu pars au travail à quelle heure ?

— Comme si tu ne le savais pas. Sept heures, comme d'habitude.

Puis j'essayai ceci :

— Comment va ta sœur ?

— Tu ne l'as jamais aimée, ma sœur.

Cette fois, je la bouclai pour de bon et bus mon café.

The Real World s'acheva pour laisser place à *Super Sweet Sixteen*. Des gamines qui fêtaient leur anniversaire dans une débauche de luxe. L'émission m'énervait et me déprimait en même temps. Ces enfants gâtées avaient la vie si facile, mais ça ne leur suffisait encore pas. Cette fille venait de se voir offrir une BMW flambant neuve pour ses seize ans, mais ronchonnait parce que ce n'était pas la couleur qu'elle voulait. Bon Dieu. La garce méritait une bonne gifle.

— Oh cool, dit Doris. Qu'est-ce que j'aurais aimé faire une grande fête comme ça pour mes seize ans.

On continua de regarder pendant quelques minutes.

Finalement, elle demanda :

— C'était quoi, le problème ?

Je tournai les yeux vers elle.

— Quel problème ?

— À ton avis ? T'es parti à minuit en prenant ton arme. Il voulait quoi, ton chef ?

— Oh, fis-je en buvant mon café. Quelqu'un a tué Luke Jordan.

Je vis son visage pâlir d'un coup. Comme si quelqu'un avait retiré la bonde et qu'elle s'était vidée de son sang, les yeux écarquillés, choquée et confuse. Je n'étais pas sûr de savoir ce qui me surprenait le plus. Sa réaction, ou le fait qu'elle s'efforçait de la dissimuler.

— Il est mort ?

— Ouais.

— Pourquoi…, commença-t-elle avant de se racler la gorge. Comment ?

— Wayne a dit qu'il faisait du gringue à une poulette mexicaine au Skeeter's. Peut-être un petit ami jaloux. Il lui a réglé son compte.

Je ne lui racontai pas le reste, que j'avais perdu le corps et tout. Je n'avais pas le courage de me lancer dans cette discussion ; je ne savais même pas si je l'aurais plus tard.

Je pourrais peut-être dégoter un boulot à l'usine d'engrais. C'était à une heure de route, aller comme retour, mais je serais à plein temps, et j'aurais aussi une couverture sociale. Je pourrais peut-être y aller, décrocher un job, et puis expliquer à Doris que je quittais la police pour rapporter plus d'argent. Elle serait contente. Mince, ça pourrait même marcher. Et si je gagnais assez, elle pourrait laisser tomber son job de serveuse et s'occuper du petit à plein temps.

— C'était peut-être une erreur, dit-elle.

Je clignai des yeux.

— Quoi ?

— Peut-être qu'il discutait juste avec cette Mexicaine, que c'était un genre de malentendu.

Je haussai les épaules ; je ne voyais pas ce que ça changeait.

— Enfin, Luke Jordan est mort de toute façon.

Elle se leva et passa dans la kitchenette. J'eus envie de lui redemander du café mais je m'en abstins. La petite princesse de seize ans continuait de se plaindre parce que son père n'avait pas embauché le bon boys-band pour sa fête. Frapper ces gens devrait juste être légal. Pas de peine de prison. Un simple non-lieu.

Doris revint, se planta juste à côté du canapé.

— Toby ?

— Ouais ?

— Allons à Houston. Ma sœur nous logera le temps qu'on trouve du boulot. Je peux travailler comme serveuse n'importe où. On doit essayer autre chose.

Voilà, c'était ma chance. Je pouvais lui dire OK, vendons le mobile home pour avoir un peu d'argent et allons à Houston refaire notre vie, repartir de zéro. J'allais me faire virer à coups de pompes dans le cul de toute manière. Je n'avais plus aucune perspective ici. Même cette idée d'un boulot à l'usine d'engrais me paraissait fumeuse à présent. Molly serait bientôt partie. Il n'y avait aucune raison pour que je ne réfléchisse pas sérieusement à la proposition de Doris.

Mais, allez savoir pourquoi, je lui dis :

— Je ne sais pas. Ça ne me paraît pas une bonne idée.

— Tu n'as jamais aimé ma sœur.

— Encore ça.

Elle serra un de ses petits poings et me donna un coup sur le bras. *Même pas mal.* Enfin, pas trop. Elle retourna dans la kitchenette. Je la sentais fulminer là-bas. On pouvait presque voir la colère irradier d'elle, comme des vagues de chaleur sur l'asphalte brûlant.

— Allez, fais pas la gueule.

— Tu es un imbécile.

Sa voix était bizarre, mal assurée.

— Ne dis pas ça.

— Va te faire foutre.

Venimeuse. Il n'en fallait pas beaucoup pour que Doris démarre au quart de tour, mais là, c'était soudain, même pour elle.

— Qu'est-ce qui te tracasse ?

— Je fais plein d'efforts pour qu'on ait une vie meilleure, et tu n'es même pas cool avec ça. Tu ne m'écoutes jamais.

Quelles conneries. Je passais mon temps à l'écouter déblatérer, se plaindre sans arrêt de tout et de rien. À peine revenue du boulot, c'était parti : elle ne la fermait pas avant que je m'endorme ou que je parte travailler. Un vrai lapin Duracel, une machine à rouspéter non-stop. Ou bien elle déposait le petit dans son parc avec quelques jouets et s'affalait devant la télé pendant des heures et des heures. Ou alors elle téléphonait à sa sœur, et chaque coup de fil durait des plombes. Elle aurait eu besoin de trois maris supplémentaires, afin qu'on puisse se relayer pour l'écouter parler à tour de rôle.

— On en parlera plus tard. Baisse juste un peu le ton, d'accord ? Tu vas réveiller le petit.

— Le petit !

Elle ricana.

— On voit bien que ce n'est pas toi qui as ce morveux sur les bras chaque fois que tu rentres du boulot, jamais une putain de minute de tranquillité. Je suis fatiguée, Toby. Fatiguée de tout. Fatiguée de ce bled de merde.

Fatiguée de ce bled de merde. Ils serinaient tous le même refrain. Molly. Doris. N'importe quel jeunot à peine sorti du lycée, avec les couilles plus grosses que la cervelle, était prêt à conquérir le monde. Ils ne savaient pas comment c'était ailleurs. Aucun d'entre eux.

Je m'extirpai du canapé, me rendis dans la salle de bains et décrochai l'étoile en fer-blanc de mon tee-shirt Weezer sale. Je crois que ce n'était pas vraiment du fer-blanc. C'est juste un truc que le chef m'avait dit quand il me l'avait donnée : *Voilà ton étoile en fer-blanc, adjoint.* De retour dans ma chambre, je me dirigeai vers l'armoire, j'en sortis une chemise d'uniforme kaki propre, rapiécée à la manche. J'épinglai l'insigne au-dessus de la pochette droite. J'enfilai un jean propre. Des chaussettes qui sentaient bon et des bottes de randonnée.

Je retournai à la kitchenette. Doris était toujours plantée là, les mains sur le comptoir, les yeux ailleurs, évitant mon regard. Je pris un des mugs de voyage munis d'un couvercle, le remplis de café et refermai le couvercle.

— Je ressors. J'ai oublié de régler un ou deux trucs au poste.

C'était au-dessus de mes forces de rester dans les parages quand elle était dans cet état. N'importe où ailleurs, c'était préférable.

Elle garda le silence.

Je retournai dans la chambre, j'attrapai le chapeau de cowboy posé sur la table de chevet et me l'enfonçai sur la tête. Habillé comme ça, j'incarnais un peu mieux la loi.

Doris était toujours appuyée sur le comptoir quand je revins dans la kitchenette. D'habitude, à ce stade-là, elle aurait déjà dû être en train de me crier dessus. Je ne savais pas si je devais lui en être reconnaissant. Je posai une main sur son épaule pour la tourner vers moi, et elle se laissa faire.

Elle avait les yeux rougis et humides, le visage morveux d'avoir pleuré.

— Je veux aller chez ma sœur…

Elle lâcha ces mots comme si elle était littéralement à bout de souffle. Comme si elle allait s'écrouler d'une minute à l'autre.

— On en reparle ce soir, quand tu rentreras du boulot, c'est promis. On va trouver une solution.

Elle garda le silence. Peut-être qu'elle ne me croyait pas.

Je me dirigeai vers la porte. Je me faisais du souci pour elle.

— Je serai revenu avant que tu partes.

Je sortis, en fermant doucement la porte du mobile home pour ne pas réveiller le petit. Une fois dans la Nova, je me rendis compte que je n'avais pas mon arme. Puis je me rappelai qu'elle était sous le siège. J'allai la repêcher et la posai sur le siège passager. Mince, je n'avais même pas pensé à verrouiller la portière de la voiture. Je devrais être plus prudent. Il fallait que je fasse attention à ce genre de truc. Et quand le petit grandirait, aussi. Pas question de laisser traîner un flingue à proximité d'un gamin.

La lumière de la kitchenette n'était pas éteinte, et je savais que Doris était toujours là. Je voyais cligner les reflets projetés par l'écran de télé. Peut-être devrais-je y retourner. Je détestais la laisser bouleversée à ce point, mais que pouvais-je y faire ? J'aurais été incapable d'arranger quoi que ce soit. C'était peut-être pour ça qu'elle pleurait. Peut-être que si je trouvais un moyen de gagner plus d'argent. Peut-être que si j'étais un homme meilleur.

Peut-être que si j'avais été meilleur musicien. Peut-être beaucoup de choses.

Je me souvenais, quand le groupe s'était séparé. Le père du chanteur s'était fatigué de voir son fils déconner. C'est comme ça qu'il avait parlé de notre groupe. *Déconner*, comme si on ne prenait pas notre musique au sérieux. Le batteur s'était engagé dans l'armée, et le bassiste avait rencontré une fille. Une nouvelle session à l'école de police locale était sur le point de débuter, et la perspective me parut soudain séduisante : moi, avec un flingue à la hanche et des lunettes de soleil teintées.

Quatorze semaines de pompes et d'examens. J'avais décroché mon diplôme de justesse, dans les derniers de ma promotion, mais je me voyais déjà nettoyer une ville comme un putain de Serpico. Tous ces trucs qu'on m'avait enseignés sur les règles et les infractions étaient sortis de ma tête une heure plus tard. Un peu la même chose qu'au lycée.

Six jours plus tard, j'avais reçu la lettre au sujet de maman.

Fait chier.

J'embrayai en marche arrière et je reculai. Je sortis du parc à mobile homes et repris la direction de la ville. Je pourrais peut-être trouver le chef, m'excuser d'avoir foiré. Il m'aimait bien. Cela dit, si la boulette était trop grosse, il ne me couvrirait pas à n'importe quel prix. C'était un type très à cheval sur le règlement, et j'allais devoir assumer mes responsabilités. Mais peut-être qu'on arriverait à trouver un arrangement.

Trente secondes plus tard, les phares étaient de retour dans le rétroviseur.

Génial.

5

Cette fois, j'en avais vraiment ras le cul.

Impossible qu'il s'agisse d'une coïncidence. Quelqu'un jouait au con avec moi.

Je roulai à la vitesse maximale autorisée jusqu'en ville, et la voiture qui me filait resta à environ deux cents mètres derrière. Je n'arrivais pas à voir si c'était la même qu'avant, mais mes tripes me disaient que oui. Je descendis Main Street et me garai devant le poste de police. Quand je sortis de la voiture, je vis la Mustang tourner à droite, un pâté de maisons avant le poste.

J'essayai d'ouvrir la porte du poste. Fermée. Il y avait de la lumière à l'intérieur, alors je frappai à la porte, mais personne ne répondit. Je trouvai la bonne clé dans mon trousseau, j'ouvris la porte et entrai. J'appelai Billy mais n'eus pas de réponse. Je pensai à le joindre, lui ou le chef, sur la radio, mais, comme j'étais censé être chez moi, je craignais qu'ils le prennent mal. Une voiture passa dans la rue, la lueur de ses phares s'infiltrant à travers les stores. J'attendis une minute, mais les phares ne réapparurent pas.

Je sortis dans l'allée par la porte du fond, que je refermai et verrouillai derrière moi. Je me demandai si le chien rôdait toujours dans les parages. Il était sans doute parti dormir paisiblement ailleurs. *Bon chien.* J'avançai dans l'allée, en passant derrière la quincaillerie et la caserne de pompiers, toutes fenêtres closes. Je remontai la rue suivante et traversai Main Street après avoir regardé des deux côtés pour m'assurer que la rue était déserte. Je parcourus les deux pâtés de maisons qui me séparaient de chez Molly.

Cette fois, le Peterbilt de son beau-père était garé devant. Pas la remorque, juste la cabine. Il avait dû livrer son chargement plus tôt que prévu et rentrer chez lui. J'hésitai un moment sous le grand chêne feuillu sur sa pelouse en me demandant si ce n'était pas risqué de taper à la fenêtre. Si son vieux suivait ses habitudes, à l'heure qu'il était, il serait soit bourré au Jim Beam devant la télé, soit en train de pioncer. Il était sans doute revenu épuisé d'un long trajet, donc je pariai sur le pieu. J'avançai furtivement jusqu'à la fenêtre sombre de Molly et tapai à la vitre.

Je laissai passer vingt secondes et frappai à nouveau. J'étais sur le point de renoncer lorsqu'elle s'amena et ouvrit la fenêtre.

— Va-t'en, Toby. Roy est rentré.

Roy. Le prénom typique du beau-père péquenaud et alcoolo.

— Il dort, non ?

Elle jeta un coup d'œil par-dessus son épaule dans l'obscurité de sa chambre, y réfléchit un instant et dit :

— OK, mais pas longtemps.

Elle s'éloigna de la fenêtre, et je me faufilai à l'intérieur.

Le parfum de girofle s'était atténué. L'air conditionné rafraîchissait la pièce, c'était plutôt agréable venant de l'extérieur, mais je vis la chair de poule sur les bras de Molly à la lueur des réverbères dehors, et ses tétons qui pointaient à travers le tissu de son débardeur noir. Elle ne portait que ça et une petite culotte blanche. Ses cheveux étaient un peu ébouriffés sur un côté ; elle devait dormir depuis un certain temps.

— Brrr, je retourne me coucher.

Elle se glissa jusqu'au lit.

Je restai près de la fenêtre, en me demandant si la Mustang n'allait pas débouler dans la rue d'une seconde à l'autre, mais je ne vis rien.

— Qu'est-ce que tu veux, Toby ? Je n'ai plus envie de baiser.

Sa voix provenait d'une vague bosse tapie sous l'édredon. Son gros con de beau-père aimait pousser à fond l'air conditionné, genre température arctique.

— J'ai juste besoin de me planquer une minute, avouai-je après un instant d'hésitation. Je crois que je me suis foutu dans une merde noire, Molly.

— Pourquoi ?

— Tu te souviens, je t'ai dit que Luke Jordan était mort ?

Un ange passa.

— Tu l'as tué ?

— Non !… Putain, Molly.

— Quoi alors ?

— J'ai paumé le cadavre.

Elle se mit à rire.

— Bordel, c'est pas drôle.

— Si, ça l'est.

— Et il y a des types qui en ont après moi, je crois. Ils n'arrêtent pas de me suivre.

Elle arrêta de rire.

— C'est peut-être les frères de Luke ?

— Pourquoi ça ?

— Eh ben, si tu… Toby, si tu as tué Luke Jordan, je ne le dirai à personne.

— Mais pourquoi je tuerais Luke Jordan, bordel de merde ?

Sa voix se fit toute faible.

— Y a pas de raison.

— De toute façon, c'est une voiture que je n'avais jamais vue en ville avant. Une Ford Mustang customisée de branleur. Une Mach 1 avec un V-8, comme le moteur d'une putain de fusée.

— C'est pas quelqu'un d'ici.

— Non.

Ce qui ne me faisait pas avancer d'un pouce. Pourquoi quelqu'un débarquerait-il par hasard en ville et s'amuserait-il soudain à me ficher la frousse ? Réponse : ce n'était pas le hasard, j'étais juste trop bouché pour comprendre ce qui se passait. Bon, si je voulais vraiment être adjoint du shérif, il était temps que je me mette à penser comme tel. À réfléchir intelligemment. D'accord, crétin, quelle est l'autre chose inhabituelle qui s'est produite ? La mort de Luke Jordan. Alors quel est le rapport ? Tu n'en sais rien, hein, espèce d'abruti ?

Bordel.

— Tu ne dis plus rien, susurra Molly. Ça va ?

— Je réfléchis.

— Et ça donne quoi ?

— Réfléchir, c'est pas mon point fort.

— Viens là.

Je la rejoignis, m'assis au bord du lit. Si je m'allongeais, je risquais d'avoir un mal de chien à me relever. J'avais sommeil. J'avais envie de m'étendre à côté de Molly, de tirer cet édredon sur nos têtes et d'oublier tout le reste. Mais il n'était pas question que je dorme ici, et encore moins que je me réveille ici.

Elle s'assit, me prit la main.

— Viens.

Je secouai la tête.

— J'peux pas. Bon Dieu, j'ai envie, mais j'peux pas.

Elle me lâcha la main, mais ses doigts allèrent explorer mon entrejambe. Je sentis comme une étincelle électrique, la vie qui reprenait ses droits.

— Je parie que je peux te faire changer d'avis.

— Vraiment, Molly, je ferais mieux d'y aller. Je dois découvrir ce qui se passe.

Elle ouvrit ma braguette, glissa sa main dans mon jean et en sortit ma queue. Je bandais à moitié. Elle se mit à me branler. J'eus besoin d'une minute environ, mais je réussis à avoir une nouvelle érection et me mis à remuer dans son petit poing. Je ne pensais pas pouvoir jouir encore après la nuit que j'avais traversée, mais la perspective de pénétrer Molly à nouveau m'excitait. Elle se pencha et je sentis la chaleur de son haleine quand elle approcha la bouche.

Les coups de poing sur la porte de sa chambre firent bondir mon cœur dans ma poitrine.

— Ouvre cette putain de porte!

Roy.

Molly me repoussa.

— La penderie! chuchota-t-elle d'un air apeuré.

Je me précipitai vers la penderie, mon sexe érigé ballottant et ramollissant, mais pas assez vite. Je fermai la porte, vis un rai de lumière s'infiltrer au-dessous. Molly s'était levée et avait allumé, elle devait probablement être en train d'enfiler son peignoir. Les coups sur la porte redoublèrent.

— OK! cria-t-elle. Deux secondes.

J'entendis la porte s'ouvrir avec un craquement : ce gros tas graisseux de Roy avait dû forcer l'entrée.

— Putain, y s'passe quoi là-dedans ?

La voix traînante d'un mec bourré.

— Qu'est-ce qu'y a ?

— Tu parles à quelqu'un ?

— J'étais au téléphone.

— Avec qui ?

Je perdis le fil de l'interrogatoire, m'apercevant que ma queue pendouillait toujours par ma braguette ouverte. Je la remontai d'un geste vif et me coinçai le bout dans la fermeture Éclair.

Je me mordis la lèvre pour retenir un cri, mes yeux se remplissant de larmes. *Oh, putain de merde!* J'avais la sensation qu'on posait l'extrémité brûlante d'une allumette sur le bout de la queue. Je m'efforçai de redescendre doucement la fermeture, la sueur dégoulinant sur mon front et ma nuque. La dispute entre Molly et Roy redoublait d'intensité, mais j'en fis abstraction, m'échinant toujours à rouvrir ma braguette sans me déchiqueter la bite.

Quand je réussis enfin à décoincer la peau de la fermeture, je sentis une odeur de sang chaud sur mes doigts. J'avais envie de pleurer, mais la douleur intense et déchirante s'apaisa progressivement. J'étouffai un soupir de soulagement.

J'entendis « Espèce de petite salope ! », suivi d'un claquement de peau contre peau si fort que j'en sursautai. Des bruits de lutte et des grognements. Je posai la main sur la poignée de la porte, puis j'hésitai, pas tout à fait prêt à expliquer ce que je pouvais bien faire dans la penderie de cette jeune fille mineure. Ce n'était pas évident de me contenter de rester là à écouter, mais je m'obligeai à la patience.

J'entendis alors Molly s'écrier :

— Fous-moi la paix, putain !

Elle se précipita apparemment hors de la pièce.

Roy se lança à ses trousses en gueulant :

— Ne me tourne pas le dos !

J'attendis encore un moment, entendis des échos étouffés de la dispute, qui se poursuivait ailleurs dans la maison. J'ouvris la porte et, la voie étant libre, je me précipitai à la fenêtre. En sortant, je me cognai le tibia et perdis l'équilibre, m'affalant de tout mon long sur la pelouse.

— Merde.

Je me relevai lentement, ressentant toujours un vague pincement au bout de la bite, et mon tibia droit qui m'élançait.

Je tournai les yeux vers la maison, en m'ordonnant de déguerpir et de m'occuper de mes affaires, mais je savais que je ne pouvais pas partir. Molly m'avait dit avoir surpris son beau-père en train de la regarder un paquet de fois, et ce n'était pas un regard bienveillant. Plutôt le genre à flanquer la frousse, avec l'air de se pourlécher les babines, alors Molly fermait sa porte à clé chaque nuit avant de se coucher. Si je m'en allais et qu'il lui arrivait quelque chose, ce serait ma faute.

Je marchai jusqu'au seuil, grimpai les marches, frappai, j'attendis, puis je frappai de nouveau.

La lampe du porche s'alluma, j'entendis cliqueter des chaînes et des verrous, puis la porte s'ouvrit. Roy apparut, titubant, me regarda en fermant un œil. Je me pris en plein visage un nuage d'effluves de bourbon qui faillit me renverser sur les marches.

— Qu'est-ce que vous voulez ?

— Des voisins ont appelé pour signaler une querelle domestique. Je viens voir quel est le problème.

— Merde, jeta Roy en reniflant. Mais je te connais. Je sais pourquoi tu es là.

— Avez-vous bu, ce soir, monsieur ?

— Va te faire foutre.

— Roy, vous feriez sans doute mieux de passer la nuit chez un ami, pour être sûr qu'il n'y aura pas de problème ici après mon départ. Trouvez un endroit où dormir et allez cuver.

Il renifla encore.

— Tu crois que je prends ton étoile au sérieux ? Tu penses impressionner quelqu'un avec ?

— C'est une intervention policière tout à fait sérieuse, Roy.

— Va te faire foutre.

Il commença à fermer la porte.

Je la bloquai avec mon pied et la rouvris de force.

— Une minute.

— T'avise pas de toucher…

Il me sauta dessus d'un bond mal assuré, et je m'écartai. Il trébucha sur les marches du porche, tenta de se retourner pour me frapper tout en tombant et finit sur le cul au bas des marches. Il grimaça en se frottant le coude, qu'il s'était cogné.

— Calmez-vous, Roy.

— Espèce de… sale petit… connard.

Il parlait avec difficulté, reprenant son souffle en ahanant, le visage écarlate ; il tenta d'agripper mon pantalon.

Je posai ma semelle contre son épaule et le repoussai du pied. Il s'étala sur le dos, les yeux rivés sur le ciel, en grommelant d'autres injures. Je ne trouvais rien d'héroïque à m'en prendre à un gros type ivre deux fois plus vieux que moi, mais ça ne me posait pas de problème de conscience non plus. Je ne cherchais pas à défendre l'honneur de Molly en combat loyal, alors si Roy était trop bourré pour répliquer, ça m'allait parfaitement. Franchement, pour une fois, c'était plutôt agréable de dominer la situation.

— Vous voulez que j'appelle le shérif Krueger ? Peut-être que lui, vous l'écouterez.

Roy émit un grognement.

— Peut-être que vous prendrez le chef plus au sérieux. Qu'en dites-vous, Roy ?

Il ne répondit rien.

— Alors ? Je dis au chef de rappliquer ?

— OK, putain, j'ai pigé, dit Roy. Je vais aller chez Howard Boyle. C'est seulement à deux rues d'ici.

— Donnez-moi vos clés.

— Oh, et quoi encore ? Putain.

— Je ne veux pas que vous reveniez en douce cinq minutes après mon départ, lui dis-je. Vous pourrez passer les reprendre au poste dans la matinée.

À contrecœur, il sortit les clés de sa poche et me les balança.

Je me retournai vers la maison, dont la porte était grande ouverte.

— Molly, tu fermeras la porte dès qu'on sera partis.

— D'accord.

Sa voix émanait de l'obscurité de la maison, plus proche que je ne m'y attendais. Elle avait sans doute tout écouté depuis le début.

— Venez, Roy. Je vais vous accompagner.

Je lui tendis la main.

Il la saisit et je l'aidai à se relever. Il épousseta ses habits avec ses grosses paluches maladroites. Toute agressivité semblait l'avoir quitté, et je crois que si je lui avais dit de s'allonger sur la pelouse et de s'endormir là, il aurait obéi. Je voulais seulement qu'il aille dormir ailleurs.

On prit le chemin de la maison d'Howard Boyle, marchant sur le trottoir en traversant les taches de lumière projetées par les réverbères. Roy empestait l'alcool et la sueur. Il posait un pied devant l'autre comme s'il n'arrivait pas à croire qu'il tenait encore debout, comme si tôt ou tard la gravité allait juste lui dire « Toi, ça suffit » et le flanquer par terre.

— Sa mère m'a quitté, elle m'a tout laissé sur les bras. Je veux dire, merde. Je me suis marié avec elle, alors qu'elle avait une gamine et tout. Elles sont venues habiter chez moi. Toutes les deux. Et puis la mère de Molly s'est juste cassée, putain. Et maintenant j'ai cette fille sur les bras, et c'est comme une extraterrestre, la manière qu'elle a de s'habiller et cette saloperie de musique bizarre qu'elle écoute.

Je connaissais déjà l'histoire de Roy, mais il en parlait d'une manière si triste que j'eus presque de la compassion pour lui.

Presque.

— Vous ne l'aurez plus dans les jambes bien longtemps, dis-je. Vous savez, une fois qu'elle sera partie à la fac, elle ne reviendra pas. Pas ici.

Prononcer ces paroles à voix haute me fit l'effet d'un uppercut à l'estomac.

— Vous n'avez qu'à bien vous tenir jusque-là.

— Le plus tôt sera le mieux, dit Roy. Que je puisse reprendre ma petite vie à moi.

Et quelle vie.

La maison d'Howard Boyle se trouvait tout au bout de la rue, après quoi il n'y avait plus d'habitations et on débouchait en plein champ ; au-delà, on apercevait un moulin à vent à moitié démoli. Il y avait des centaines d'endroits comme ça en Oklahoma, où une ville s'arrêtait soudain et où on se retrouvait à regarder dans le vide. Le domicile de Boyle n'était guère plus qu'un pavillon de chasse minable, mais il y avait malgré tout plus de place que dans mon mobile home. On gravit les marches et on frappa à la porte. Howard mit un sacré bout de temps à venir allumer la lampe du porche et à ouvrir.

Howard gérait le petit garage d'entretien de la ville. Il l'avait hérité de son père, mais le garage avait fini par couler à la fin des années quatre-vingt. Et puis un mec friqué de Tulsa, dont la spécialité consistait à reprendre des affaires en faillite pour une bouchée de pain, avait racheté l'endroit, mais il avait gardé Howard pour faire tourner la boutique. Regardant l'épave de cinquante ans et quelques, quasi chauve et bedonnante, qui se tenait devant moi, je vis un homme qui n'avait plus rien à attendre de l'avenir quand il se levait le matin. Pas de famille. Pas d'enfant. Aucun talent hormis se baisser pour changer une roue. Même son caleçon n'avait pas l'air de cacher grand-chose. Aucun doute, c'était probablement le pote de saoulerie idéal pour Roy.

Howard nous regarda en plissant les yeux et en se grattant le bide.

— Quelle heure il est ?

— Tard, dis-je. Ou tôt. Ça dépend si on rentre ou si on sort.

— Vous avez arrêté Roy ?

— Pas ce soir. On s'est dit qu'il pourrait peut-être finir la nuit sur votre canapé.

Howard fit une drôle de tête, comme s'il voulait comprendre ce qui s'était passé mais était juste trop fatigué pour demander.

— Ouais, OK.

Roy entra dans la maison, s'arrêta dans l'entrée.

— Qu'est-ce qu'un homme est censé faire ? Non mais, bordel de merde, tu peux me le dire ? Comment savoir ?

Je ne voyais pas vraiment où il voulait en venir, mais je répondis :

— On fait juste de notre mieux, j'imagine. Et peut-être qu'en y repensant plus tard, on se dira que c'était la bonne chose à faire.

Cette explication parut le satisfaire. Il hocha la tête et disparut à l'intérieur. Howard le suivit et éteignit la lampe du porche.

J'allumai une cigarette et je la fumai en reprenant le trajet inverse. *Qu'est-ce qu'un homme est censé faire ? Comment savoir ?* Il avait sacrément raison. Prêche-le, Roy. La vérité sort de la bouche des enfants, dit le livre saint. Mais, une fois de temps en temps, une ruine avinée met aussi en plein dans le mille. Roy n'avait pas plus de réponses que moi, mais au moins il connaissait les questions. Et c'est la moitié du chemin de fait.

Tout en marchant et en fumant, je me demandai si c'étaient des conneries ou non.

Quand j'arrivai de nouveau sur Main Street, je vis la Ford Mustang Mach 1 garée juste derrière ma Nova.

6

J'étais déjà bien avancé au milieu de la rue, mais ils ne me virent pas tout de suite, les trois Mexicains debout autour de la Nova, occupés à zieuter à travers les vitres. Je m'immobilisai, soufflai la fumée de ma cigarette et me demandai quoi faire.

En fait, je ne fis rien. Ils me virent avant.

Ils se donnèrent des coups de coude, firent des signes dans ma direction, se redressèrent et s'écartèrent de la Nova. Je pouvais soit prendre mes jambes à mon cou, soit bomber le torse et me la jouer représentant de la loi.

— Il y a un problème ici, messieurs ? dis-je.

Je ne suis juste pas très malin.

Ils se rapprochèrent, lentement, en me scrutant du regard.

Tous trois portaient des chemises en soie, largement ouvertes sur leurs colliers en or. Celui qui menait le trio portait une chemise noire. Il avait le crâne rasé, des anneaux dorés aux oreilles. Les deux qui suivaient étaient en rouge, avec des barbes et des tatouages variés. On aurait dit que quelqu'un, en traversant la ville, avait balancé dans la rue un groupe de reprises de Los Lobos.

Une des chemises rouges lâcha quelques syllabes en espagnol, dont je saisis le mot *pistola*.

Celui en chemise noire me jeta un nouveau coup d'œil et secoua la tête.

— Non.

Je portai machinalement ma main à la ceinture. Pas de flingue. *Merde.* Il était resté dans la Nova.

Les Mexicains sourirent et avancèrent franchement vers moi.

Je décollai la Winston de mes lèvres et la jetai à la figure du meneur de la bande. Elle rebondit sur sa joue, projetant des étincelles orange, sans réellement lui faire de mal, mais il sursauta et s'arrêta. Je me baissai et lui envoyai un coup de poing dans les côtes, lui coupant le souffle. Je lui en balançai un second pour faire bonne mesure.

Petite précision personnelle : quand vous avez joué de la guitare dans autant de bouges sordides de bord de route que moi, vous apprenez vite à vous servir de vos poings. Et vous pigez vite que la moindre hésitation peut vous valoir un œil au beurre noir et une lèvre enflée.

Les deux chemises rouges me cernèrent, un de chaque côté. Je sentis des étoiles brillantes exploser derrière mes yeux lorsqu'un poing me frappa au visage.

Petite précision complémentaire : j'encaissais toujours plus de coups que je n'en distribuais.

Ils m'empoignèrent en un éclair, s'efforcèrent de me plaquer au sol. Je balançai des coups de pied, mon talon toucha quelque chose et j'entendis un grognement. Je reçus d'autres coups de poing dans le ventre, un coup derrière la tête, et je m'affalai sur le bitume.

Je restai allongé là une seconde, avec la vague impression

qu'ils se dressaient autour de moi. Une pression sur mon torse. Mes yeux s'accoutumèrent et je vis que c'était une botte, le pied du chauve, qui me maintenait plaqué au sol. Les deux autres me fouillèrent les poches.

Je retrouvai ma voix et réussis à dire :

— Qu'est-ce que tu fous, mec ?

— *Quiate tu boca.*

D'accord.

Une des chemises rouges finit par extraire un trousseau de clés de ma poche, les leva bien en vue et les fit tinter.

— *Aquí.*

Ils continuèrent à discuter entre eux, et je compris qu'ils parlaient de ce qu'ils devaient faire de moi. L'idée me traversa l'esprit de repousser la botte du mec de mon torse et d'essayer de m'enfuir, mais j'avais toujours des petits oiseaux de *cartoon* qui tournaient autour de ma tête en gazouillant, et j'espérais trouver un meilleur plan, qui n'impliquait pas de courir avec trois Mexicains à mes trousses.

J'eus de la chance. Des phares brillèrent soudain à l'autre bout de Main Street, se dirigeant tout droit vers notre petite scène de rue. Les Mexicains s'échangèrent à nouveau des coups de coude, et l'une des chemises rouges me balança un coup de pied d'au revoir dans les côtes avant qu'ils ne grimpent tous dans leur grosse cylindrée. Ils firent crisser les pneus et s'arrachèrent en trombe. Je m'écartai en sursaut quand un pneu passa à moins de dix centimètres de ma tête.

Je m'assis, en regardant leurs phares arrière disparaître dans l'autre sens, sortant de la ville. Je ne comprenais pas exactement ce qui s'était passé. L'autre voiture arriva derrière moi, et je me retournai pour lui faire face, les muscles endoloris, une douleur vague dans tout le corps.

Le gamin sortit la tête par la fenêtre de la Trans Am.

— Hé, mec, vous allez bien ?

Je me relevai lentement, opération qui m'arracha un gémissement pitoyable.

— Je t'avais dit de rentrer chez toi.

Son pote à la grande gueule n'était plus sur le siège passager.

— C'est qui qui vient de partir ? demanda-t-il.

— Des méchants.

— Vous allez les poursuivre ?

— Peux pas. Ils ont pris mes clés.

Palpant mes poches, j'eus la surprise de sentir une bosse et en tirai mon trousseau de clés.

— Une seconde.

Je les examinai. Ouais, c'étaient bien les miennes. Je claquai les doigts. Les Mexicains avaient chouravé les clés de Roy. *Ha-ha. Bien eus, enfoirés de bouffeurs de fayots.*

— Je suis sérieux cette fois, dis-je au gamin dans la Trans Am. Rentre chez toi.

Il haussa les épaules et s'en alla.

L'idée de pourchasser les Mexicains me titilla, mais on était toujours à trois contre un et, même si je détestais l'admettre, cette Mustang surclassait largement ma Nova. Qu'est-ce qu'ils pouvaient bien vouloir foutre avec mes clés ? Ils seraient venus jusqu'à Coyote Crossing pour me piquer la Nova ? Ça ferait d'eux les pires voleurs de bagnoles sur terre.

Je retournai au poste de police et j'allumai notre radio. Je tentai de joindre le chef, sans succès, puis Billy ou n'importe qui d'autre. C'était quoi, ce bordel ? Soit ici, soit chez lui, l'un de nous était censé être toujours à l'écoute de la radio. Je passai sur quelques autres fréquences dont on se servait et réessayai de joindre les mêmes personnes. Rien. Où étaient-ils tous passés, nom de Dieu ?

J'eus soudain le besoin pressant de sentir le poids de mon revolver à ma ceinture. Je ressortis pour aller à la Nova et j'en rapportai mon arme, puis je m'immobilisai en entendant vrombir un moteur. Environ à une rue d'ici. Ou peut-être deux. On aurait bien dit un gros V-8. Je rentrai, m'assis au bureau et j'ouvris le barillet du revolver. Comme je m'en doutais, il n'était pas chargé.

J'ouvris le tiroir du haut, je farfouillai à la recherche d'une boîte de balles de calibre 38.

Je m'écartai du bureau en entendant de nouveau le puissant moteur, plus proche cette fois. Aucun doute, c'était bien la Mustang. J'allai à la fenêtre, épiai à travers les stores, mais il n'y avait rien en vue. Je traversai la pièce du fond et j'ouvris la porte qui donnait sur l'allée, puis je restai là un moment à écouter. Calme plat.

L'allée empestait à cause des détritus. La chaleur était toujours aussi torride. J'avançai dehors, aux aguets, en m'efforçant de détecter le moindre soupçon de mouvement dans les coins sombres. Je n'entendis ni ne vis rien, mais une lumière à la fenêtre de la caserne de pompiers retint mon attention. Personne n'était censé se trouver à l'intérieur, même si le conseil municipal n'aurait évidemment eu aucune raison de m'informer s'il avait décidé d'y effectuer des travaux. Quelle sorte de travaux à cette heure de la nuit, ça, mystère.

Il valait sans doute mieux que j'aille y jeter un œil. Je portais un insigne, après tout, et ils ne m'avaient pas encore viré.

Je retournai à l'intérieur, récupérai le revolver sur le bureau et l'accrochai à ma ceinture. *OK, allons voir ce qui se passe à la caserne.* Je descendis l'allée, en gardant la main posée sur mon arme. Ma propre respiration me paraissait un peu trop bruyante.

Calme-toi, imbécile.

Je posai une oreille contre la porte arrière de la caserne. Tout ce que j'entendis, ce fut du bois mort. Je tournai la poignée de la porte. Elle n'était pas verrouillée. Je la poussai d'un coup sec, je craignais de faire grincer les gonds, mais elle s'ouvrit sans bruit. J'entrai dans une cuisine, éclairée par des tubes fluorescents qui bourdonnaient au plafond. Je m'attendais à ce que l'endroit, désaffecté, sente le renfermé, mais ce n'était pas le cas.

Je m'immobilisai et examinai le plan de travail de la cuisine. Des boîtes de haricots, pas ouvertes. Toute une pile d'assiettes en carton. Des bouteilles d'eau de supermarché. L'État aurait-il fait passer le nouveau budget ? Peut-être que les pompiers se réinstallaient ici. Je me demandai si ça signifiait que le budget serait suffisant pour me prendre à plein temps… Comme si c'était toujours d'actualité. J'étais persuadé que Krueger m'enlèverait mon étoile dans la matinée.

Je traversai la cuisine, parcourus un petit couloir et tombai sur une autre porte qui menait dans le garage. J'entrouvris la porte et jetai un coup d'œil. Il y avait de la lumière, et un camion était garé là. Un gros camion de déménagement. Les mots *Déménageurs bon marché* étaient toujours lisibles à travers la peinture dont on les avait recouverts. Quelqu'un avait occulté les petites fenêtres de la porte du garage avec du gros scotch pour empêcher que la lumière soit visible de la rue.

J'entendis bouger et je retins ma respiration. Des voix.

L'entrebâillement de la porte ne me laissait qu'un champ de vision limité, mais je n'étais pas encore prêt à faire irruption dans le garage. Je changeai de position afin de mieux voir et entendre. Deux types se tenaient derrière le camion, en grande partie hors de ma vue. Je ne distinguai que le coude et la jambe de l'un d'entre eux. Une chemise noire et un jean. Je fermai les yeux, tendis l'oreille par l'interstice.

La première voix parlait probablement anglais, mais avec un accent espagnol si fort que je n'arrivais pas à suivre ce qu'il disait. L'autre voix était plus distincte et parlait anglais. Je retins ma respiration et j'écoutai attentivement.

Billy.

C'était la voix de Billy, et je pouvais presque distinguer ce qu'il disait. Les deux hommes semblaient se disputer, mais sans grande agressivité. Rien de trop passionnel, juste un différend au sujet d'un truc ou un autre. Néanmoins, depuis que je m'étais fait botter le cul par une bande de Mexicains, j'étais sacrément curieux de savoir ce que Billy fichait dans une caserne de pompiers censée être désaffectée, à parler à un Mexicain — qui sait ? c'était peut-être même un des gars qui m'avaient cogné dans les côtes.

Alors ouais, j'étais sacrément décidé à en découvrir plus.

J'ouvris la porte juste assez pour me faufiler à l'intérieur, puis je la refermai. Accroupi, je fonçai à l'avant du camion, posai une main sur le capot. Froid. Il était garé ici depuis un bon moment ; du moins, il ne venait pas d'arriver. J'avançai de l'autre côté, où il y avait un passage étroit entre le camion et un tas de bidons d'huile, d'outils et d'autres trucs accumulés contre le mur. Arrivé près de la roue arrière, je m'allongeai sur le ventre, me plaquai au sol et ne bougeai plus, en m'efforçant de respirer sans bruit.

— Je t'avais dit dès le début que ce n'était pas les bonnes.

La voix de Billy, exaspérée. Le tintement d'un trousseau de clés.

— Je les ai toutes essayées plusieurs fois, reprit-il.

— Tu as dit prends les clés à lui, j'ai fait, se défendit le Mexicain à l'accent à couper au couteau.

— Bon Dieu, t'as dû prendre les clés de son tas de boue, la Nova.

Alors là, cette remarque était vraiment injuste, putain.

Le Mexicain marmonna un truc que je ne saisis pas. Ils parlaient sacrément vite.

— Tu devrais faire gaffe à ce que tu dis, prévint Billy. Ce n'est pas ma faute, compris ? C'est vous qui avez foiré. Où est passée Juanita, à propos ?

Le Mexicain parla de nouveau, trop bas pour que je le comprenne.

— C'est bon, dit Billy. Garde-la à l'écart, retrouve-moi le gamin et récupère les bonnes clés cette fois.

Un grommellement.

— Oui, tout de suite, nom de Dieu. Il faut qu'on règle ce problème au plus vite.

Le Mexicain marmonna une dernière fois et retourna vers la porte que je venais juste de quitter. Sous le camion, je regardai ses pieds et reconnus les bottes. J'en avais déjà vu une de près, juste sur mon torse. Je n'avais pas franchement envie de revivre cette situation.

La porte se referma en claquant : le Mexicain était parti.

Billy traîna les pieds et s'exclama :

— Merde.

OK, il était temps pour moi de me tirer de ce putain d'endroit et d'appeler la cavalerie.

Je reculai pile dans un tas de bidons d'huile. Le tas s'écroula et les bidons rebondirent bruyamment sur le ciment. *Mais quel con !* J'étais vraiment un crétin de première catégorie.

— Qui est là ?

Billy fit le tour du camion.

Je me relevai en vitesse, m'efforçant sans succès de prendre un air désinvolte.

— Toby ?

Le visage de Billy s'était durci comme je ne l'avais jamais vu auparavant.

— Depuis combien de temps t'es là ? Qu'est-ce que t'as entendu ?

— J'ai juste vu de la lumière, j'ai pensé que je ferais mieux de venir vérifier.

Je tentais de la jouer cool mais ne pus empêcher mon cerveau de chercher des issues de secours.

— Mais j'imagine que tu as la situation sous contrôle.

Il fit deux pas très lents vers moi.

— Je t'avais dit de rentrer chez toi, Toby.

— Ouais.

— On… euh… embauche des gars pour remettre la caserne en état, dit Billy.

— Ce Mexicain et deux de ses potes viennent juste de me casser la gueule.

Billy secoua la tête.

— Non, pas ce gars-là. Tu dois te tromper de bonhomme.

— Si, j'en suis sûr.

— Je t'ai dit que tu trompais de bonhomme, dit Billy. Tu dois juste me faire confiance là-dessus.

— Mais je viens *juste* de voir ce type, mec.

— Bon Dieu, Toby, tu ne nous facilites pas les choses. Tu pourrais jouer le jeu, tu sais.

— De quoi tu parles ? demandai-je.

— C'est dommage. C'est vraiment, vraiment dommage,

mais il y a tout un tas de trucs qui se passent ici, et qui ne sont pas tes oignons, et tu vas tout foutre en l'air si je te laisse répéter ça partout.

J'eus un rire forcé, qui suintait la peur.

— Répéter quoi, mec ? Je ne sais pas de quoi tu parles. Je ne répéterai rien.

— Hu-hum.

Il tendit la main vers la hache d'incendie qui pendait au mur, la souleva et la soupesa.

Cette pensée me traversa l'esprit en un éclair : *Billy n'a pas son revolver. Moi si.*

Ma main se porta aussitôt à mon holster, mais trop tard. Billy me bondissait déjà dessus, la hache arrivant sur moi à toute vitesse. Je tendis les mains pour bloquer le manche au moment même où Billy me fonçait dedans. On s'écroula dans le tas de bidons et d'outils, je me cognai le dos contre un truc dur, mais je ne lâchai pas la hache.

Il s'assit sur mon torse et mit tout son poids dans la hache. Je vis la lame, au-dessus de mon nez, se rapprocher. Je tournai la tête sur le côté, je tendis le cou, j'ouvris grand la bouche et lui mordis les phalanges. Il brailla. Un sang chaud et salé s'écoula dans ma bouche. Il se cramponna à la hache, alors je mordis plus fort, serrant les dents jusqu'à atteindre l'os.

Le hurlement de Billy monta dans les aigus et il lâcha prise, le sang nous éclaboussant tous les deux comme un sachet de ketchup qui explose. Je crachai un bout de chair, puis balançai un coup de hache. Il se prit le plat de la lame en plein menton et s'affala par terre.

Je me levai et tentai de m'enfuir, la hache toujours serrée contre moi.

Une main agrippa ma cheville. Je fis un vol plané et tombai durement sur le sol.

Je me redressai sur un genou, tournai la tête à temps pour voir Billy me foncer à nouveau dessus, l'envie de meurtre brillant dans ses yeux. Je balayai l'air d'une main, la hache s'enfonça dans le mollet de Billy. Il poussa un grognement et s'écroula juste devant moi. Je me levai, brandis la hache au-dessus de ma tête. Billy leva les yeux, qui clignèrent, écarquillés de terreur, une fraction de seconde avant que la hache ne rebondisse contre son crâne, la vibration du coup se répercutant le long de mes bras, lançant un éclair de douleur dans mes poignets.

Le sang coulait abondamment d'une large entaille sous son front. Il hurla, hurla, hurla. Je fis retomber la hache, qui se logea de biais dans son cou. Encore du sang. Je n'en avais jamais vu autant.

Billy s'étala de tout son long sur le dos, le corps agité de spasmes comme si on l'électrocutait. Les spasmes semblaient ne jamais devoir s'arrêter — ruades des pieds, tremblements des mains. Finalement, il s'immobilisa, les yeux grands ouverts sur rien.

Je me précipitai vers la porte du garage, me débattis avec le loquet. Mon visage me brûlait. Je n'arrivais pas à respirer. Je réussis à ouvrir la porte, la soulevai et sortis en titubant dans la rue, respirant à pleins poumons. Je tombai à genoux et vomis. Mon front se couvrit d'une sueur froide et je me mis à frissonner.

J'avais la tête qui tournait. Je m'accordai un moment, inspirant par le nez et expirant par la bouche. Je ne voulais plus rien voir ni entendre, ni même penser. Je voulais juste rester agenouillé, les yeux fermés, jusqu'à ce que l'univers cesse de tournoyer. Quand je me sentis suffisamment remis, je retournai dans la caserne.

En fouillant les poches de Billy je récupérai les clés de Roy. Puis je sortis un autre trousseau, de ma poche cette fois, pas mes propres clés mais celles qui appartenaient au défunt Luke Jordan. L'arrière du camion était fermé par un cadenas. J'essayai trois clés et la quatrième fonctionna.

Cette fois, je ne voulais pas me faire surprendre. Je sortis mon revolver.

Je soulevai doucement le pêne. Je pris une grande inspiration, comptai dans ma tête — un, deux, trois et j'ouvris la porte arrière du camion.

Une nuée de Mexicains me déboula dessus. Le silence se remplit soudain de cris et d'interjections en espagnol. Je poussai aussi un cri, reculai, paniquai. Je visai la masse de corps qui m'arrivait dessus et j'appuyai sur la détente. *Clic. Clic. Clic.*

Je n'avais pas chargé le revolver.

Ils se cognaient et poussaient en passant devant moi. Je hurlai. Mais le flot se déversa autour de moi, s'écoula par la porte ouverte du garage, et ils se retrouvèrent tous dans Main Street, une quarantaine peut-être. Principalement des hommes, mais quelques femmes aussi ; je crus même apercevoir un enfant. L'air nocturne s'animait de discussions en espagnol. Je me laissai entraîner, me retrouvai devant la porte du garage, tandis que les Mexicains se fondaient dans la nuit comme une poignée de cailloux marron jetés dans une rivière d'un noir d'encre.

7

Le brouhaha provoqué par la fuite des Mexicains s'atténua, et je me retrouvai à nouveau seul dans le silence et la chaleur de la nuit. Je clignai des yeux dans l'obscurité, forçant mon cœur à se calmer, à battre à un rythme plus humain. Ils s'étaient dispersés en tout sens. Même si je l'avais voulu, je n'aurais pas su comment les empêcher de partir. Je rentrai dans le garage, regardai le cadavre de Billy. Les mains tremblantes, je sortis mes Winston, j'en allumai une et je la fumai.

Je m'étais toujours demandé si j'aurais un jour à tuer quelqu'un, mais je n'aurais jamais pensé que ce serait Billy, ni aucune de mes connaissances, encore moins un de mes collègues. Une fois, je m'étais retrouvé pris dans une bagarre, dans une boîte minable à la sortie d'Amarillo. La situation avait complètement dégénéré dans la salle ; nous, on avait bien sûr essayé de rester en dehors du coup, mais plusieurs de ces enfoirés étaient montés sur la scène, et un gros motard avait empoigné notre batteur. Le batteur était un petit maigrichon, et je voyais bien qu'il s'apprêtait à le massacrer.

Je l'avais frappé de toutes mes forces avec ma guitare, et le choc sur le crâne du motard avait été si sonore que la bagarre dans la salle s'était arrêtée net, tous les regards se tournant vers la scène où ce gros fils de pute s'affalait comme un sac, du sang s'écoulant de ses yeux. J'avais alors eu une sacrée trouille, craignant d'avoir tué le type. Trois jours d'affilée, j'avais appelé l'hôpital pour m'informer, jusqu'à ce qu'on me dise qu'il allait s'en sortir, après quoi je m'étais taillé en vitesse de ce bled.

Mais aucun pouvoir sur terre ne ramènerait Billy à la vie. Il avait une hache fichée dans le cou, et c'était moi qui l'avais mise là. La femme de Billy était une rousse avec des taches de rousseur prénommée Cindy. Elle enseignait en CM2. Je tentai de me rappeler s'ils avaient ou non un gosse, puis, très vite, j'arrêtai de chercher.

N'y pense pas.

J'entendis quelqu'un se racler la gorge, je fis illico volte-face, posant les mains sur le revolver à ma ceinture. Tant pis s'il n'avait pas de balles.

Le Mexicain qui s'attardait dans l'encadrement de la porte du garage était petit, la peau sombre, avec un large nez plat. Ses cheveux noirs lui descendaient dans le cou. Il portait un jean sale et un maillot de corps taché. Il leva les mains, l'air de dire : *Calmos, mon pote. Y a pas de problème, là.* Il pointa ma cigarette du doigt, puis ramena deux doigts à sa bouche.

Je lui tendis le paquet, comme si j'essayais d'attirer un écureuil avec un croûton de pain. Il approcha lentement, tira une cigarette du paquet. Il fit avec son pouce le geste d'allumer pour me demander du feu, et je lui tendis la flamme de mon briquet. Je reculai jusqu'à une grosse boîte à outils, m'en servis comme siège, et j'allumai une autre Winston pour moi. Mes mains tremblaient toujours, mais plus autant.

Mon nouvel ami s'accroupit devant moi, expira la fumée, examina l'intérieur de la caserne. Son regard se posa sur le corps de Billy. Il marmonna en espagnol, m'adressa un sourire penaud accompagné d'un haussement d'épaules, comme pour dire : *Hé, parfois, on est juste obligés de planter une hache dans un type.*

Il finit la cigarette, se redressa, épousseta inutilement son pantalon. Je pris plusieurs autres cigarettes dans le paquet et les lui tendis.

— Pour la route.

— *Muchas gracias.*

Il prit les clopes et se dirigea vers la porte.

Je le regardai s'en aller à pas traînants, avec rien d'autre que ses vêtements sur le dos, et sans doute rien dans les poches non plus. Ni même de carte d'identité. Où allait-il aller ? Que ferait-il ? Comment mangerait-il ? Les réponses étaient plus que probables.

— Une minute, l'appelai-je.

Il s'arrêta, fronça un sourcil.

— Ne traîne pas en ville, OK ? Suis la route et va-t'en.

Il me regarda d'un air déconcerté.

— Ne vole rien, dis-je. Ne cambriole pas de maison. Ou, au moins, attends d'arriver à la prochaine ville.

Il avait l'air de plus en plus ahuri.

Je tapotai l'étoile sur mon torse.

— *Policia.*

Je posai ma main sur le revolver en le regardant droit dans les yeux.

— Je ne veux pas d'emmerde avec toi, dis-je en désignant de nouveau l'étoile du pouce. Va-t'en juste ailleurs.

Une lueur de compréhension s'alluma dans ses yeux, et il hocha la tête vigoureusement.

— *Sí, sí.*

Il s'éloigna au petit trot.

Bien. Il causerait peut-être des problèmes ailleurs. Ou peut-être pas. Il n'avait sans doute pas un rond, aucun plan défini, mais, d'une certaine manière, à le voir s'enfuir dans la nuit avec deux cigarettes en main et la perspective de repartir de zéro, je l'enviai. J'espérais seulement qu'il ne blesserait personne. Mais j'avais d'autres soucis, et pas des moindres.

Je me levai, balançai le mégot de cigarette et fermai la grande porte du garage, en m'assurant que le loquet était bien bloqué. Je m'approchai de l'arrière du camion de déménagement et fus presque mis KO par la puanteur. Un moment, j'avais pensé entrer jeter un coup d'œil, chercher des indices ou je ne sais quels trucs que font les vrais flics, mais le cocktail d'urine, de merde et d'odeurs corporelles formait une espèce de champ de force impénétrable. Je fermai la porte, remis le cadenas en place.

Je retournai une nouvelle fois auprès de Billy et observai ses yeux vides, conscient que j'allais devoir prévenir quelqu'un de ce qui s'était passé. À vrai dire, je caressai aussi l'idée de traîner le corps de Billy dehors et d'aller l'enterrer quelque part, en prétendant que rien de tout ça ne s'était passé. *Quoi ? Qui ? Billy ?* Haussement d'épaules. *Non, pas vu. Pourquoi ? Y a un problème ?*

Non, ce genre de truc ne marchait jamais. Jamais. J'avais vu assez d'épisodes des *Experts* pour le savoir, et, de toute manière, le sang de Billy m'avait éclaboussé partout. Non, je m'étais fourré dans un bordel sans nom, qui n'allait pas disparaître ou s'effacer facilement.

Je quittai la caserne en passant par la cuisine et remontai l'allée jusqu'au poste de police. Une fois à l'intérieur, j'essayai de nouveau de joindre le chef par radio et fis chou blanc. Je commençai à m'inquiéter, me demandant s'il ne lui était pas arrivé quelque chose de grave. Billy avait tenté de me tuer. De quoi d'autre avait-il pu être capable ?

J'ouvris le Rolodex sur le bureau du chef et composai le numéro d'Amanda. Son répondeur se déclencha après six sonneries. Son message préenregistré était assez froid. J'attendis le bip.

— Euh… Amanda, c'est Toby. Je crois… euh… écoute, on a un problème, et j'ai besoin que quelqu'un rapplique ici, au poste. Je vais essayer chez Karl.

Je raccrochai, conscient d'avoir encore dû passer pour un abruti. Je détestais parler à ces machines.

Je poussai un soupir, en me disant que je ferais mieux d'attendre cinq minutes puis de réessayer de joindre Amanda. Je n'avais pas envie de parler à Karl, l'ancien *linebacker* des Sooner, un vrai connard, grande gueule et tête de pioche. Après s'être pété le genou à l'université d'Oklahoma, il était revenu à Coyote Crossing et y était resté. J'imagine que porter un insigne lui donnait la sensation d'être à nouveau un mec important, comme sur le campus. Il s'était aussi porté volontaire pour assister l'entraîneur de football américain de l'équipe de cadets à l'école. Il adorait crier sur les gens.

Je suspectais qu'en gros il me considérait comme un petit minet qui jouait de la guitare. Il ne m'avait jamais envoyé de bonnes ondes.

Mais quelle importance ? De toute façon, j'étais incapable de me sortir par moi-même de cette panade, alors je composai le numéro de Karl.

Après trois sonneries, je l'entendis décrocher, puis il y eut une sorte de raclement, un toussotement et un grognement avant que la voix sportive de Karl s'exclame :

— Putain, quelle heure il est ?

— C'est Toby, Karl. J'ai besoin que tu viennes au poste. Il y a eu… des soucis.

— Mais bordel, de quoi tu parles, mec ?

— Contente-toi de t'amener, OK ? Je n'arrive pas à gérer la situation, et je ne veux pas tout devoir t'expliquer au téléphone.

— Où est Krueger ?

— Je n'arrive pas à joindre le chef. C'est pour ça que je t'appelle.

Il y eut un gros soupir à l'autre bout du fil, puis un claquement de lèvres.

— OK, laisse-moi… laisse-moi juste le temps de m'habiller. Reste où tu es, compris ?

— D'accord.

— Merde.

Il raccrocha.

J'ignorais si je me sentais mieux ou pas, mais au moins ce n'était plus de mon ressort. C'était le problème de Karl à présent. Je me demandai s'il allait m'arrêter, quelle serait la procédure. Puis il me revint à l'esprit que Karl et Billy étaient très bons potes. Peut-être que Karl ne m'arrêterait pas du tout.

Peut-être qu'il sortirait son flingue et me ferait sauter la cervelle.

8

Je m'adossai contre le siège, posai mes pieds sur le bureau et allumai une autre Winston. Je descendais le paquet plutôt vite. Je n'étais pas censé fumer à l'intérieur du poste, mais, quand vous veniez de tuer un type, on vous lâchait sans doute un peu la grappe, non ? J'étais quasi sûr que c'était la règle.

J'expirai, observai la fumée tournoyer puis dériver, et je me repassai la conversation entre Billy et le Mexicain à la caserne. Quelque chose aurait dû m'attirer l'attention, quelque chose d'important, mais je n'arrivais pas à mettre le doigt dessus.

Je tapotai mes poches. Trois trousseaux de clés. Les miennes, celles de Roy et celles de Luke Jordan.

Clés.

Je décrochai le téléphone et composai le numéro. Il sonna, trois, quatre, cinq fois. *Allez, allez, allez…*

Les paroles de Billy me revinrent à l'esprit, d'une limpidité implacable. *Retrouve-moi le gamin et récupère les bonnes clés cette fois.*

Huit, neuf, dix sonneries. *Décroche ce putain de téléphone, Doris !*

Je raccrochai le téléphone en le claquant. Cette fois, je

ne me ruai pas aussitôt dehors. J'attrapai la boîte de munitions .38, chargeai mon revolver, fourrai le reste dans mes poches de pantalon. En un éclair, je sortis du poste, grimpai dans la Nova et démarrai. J'appuyai sur le champignon, fis crisser mes pneus en effectuant un demi-tour sur Main Street et fonçai vers l'ouest de la ville, pied au plancher.

L'image était d'une terrifiante clarté. Doris étendue morte sur le plancher pendant qu'ils mettaient à sac le mobile home, à la recherche des clés. Peut-être même avaient-ils fait pire que la tuer. Qui sait ? Tout était possible. Et le petit… Je me penchai sur le volant, tirant sur la ceinture de sécurité, pestant pour que la Nova aille plus vite. Le moteur rugissait si fort que je m'attendais à ce qu'il explose d'une minute à l'autre.

Je ralentis à l'approche de l'entrée du parc à mobile homes et coupai les phares. Je me garai un demi-bloc avant le mien, puis m'en approchai, revolver à la main. Pas de lumière aux fenêtres. Je m'efforçai de calmer mon rythme cardiaque et me racontai une petite histoire, comme quoi Doris était sans doute juste allée se recoucher et avait eu la flemme de répondre au téléphone. Je vérifiai l'allée des deux côtés du mobile home, mais ne vis pas la Mustang ni d'autre voiture.

Je ne vis pas la voiture de Doris non plus.

Quand ma botte se posa sur la marche du milieu qui menait à la porte, le grincement fut si sonore qu'il me fit grimacer. Je retins ma respiration, mais rien ne se passa. Je testai la poignée. Fermée. J'enfonçai la clé et la tournai lentement. J'ouvris la porte tout doucement, centimètre par centimètre, pénétrai à l'intérieur, refermai la porte derrière moi sans faire de bruit.

Le revolver pesait lourd dans ma main moite. Je voulais être prêt à tirer, mais pas flinguer Doris par erreur. Je restai un long moment à écouter. Enfin, ce qui me parut un long moment, sans doute pas plus de dix secondes. J'avais la bouche sèche et cotonneuse.

Une lueur blanche émanait du séjour, pâle et vacillante, découpant des ombres sur le mur et au plafond. Je me glissai dans le couloir, mon arme pointée devant moi, tournai au coin et vis la télévision allumée sur une chaîne qui ne diffusait plus que de la neige. Il y avait un rectangle au milieu de l'écran de la télé, et quand je fis deux pas en avant, je m'aperçus qu'il s'agissait d'une feuille de bloc-notes scotchée sur l'écran.

Je la détachai et allumai la lampe la plus proche.

C'était un message. De Doris.

Toby,

Je ne peux plus continuer. Je ne t'aime pas, et je pense que je ne t'aimerai jamais, même si je l'aurais souhaité parce que tu es un bon père et une personne bien. Mais ce n'est juste pas possible pour moi. Je dois partir. Puisque tu ne veux pas venir, alors j'irai toute seule. Je t'enverrai de l'argent pour le petit une fois que je serai installée à Houston. Ne me déteste pas. Ça ne sert à rien, alors je t'en prie ne me déteste pas. Je sais que tu seras à la maison bientôt, alors j'ai laissé le petit dormir…

Je renversai la lampe et la table d'angle en bondissant pour me précipiter vers la chambre de mon fils. J'entrai comme un fou, me retrouvai, haletant, au-dessus de son berceau.

Il était allongé, endormi, les draps tassés à ses pieds. Une couche propre, le tee-shirt Bob le bricoleur en partie remonté sur sa poitrine, dévoilant son petit bidon parfait. Il avait la bouche ouverte, sa lèvre inférieure semblable à de la porcelaine rose. Une légère rougeur sur les joues.

Je posai mon revolver sur sa table de chevet et le pris doucement dans mes bras — tant pis si je le réveillais. J'avais besoin de sentir son poids contre mon torse, de toucher les fins cheveux sur sa tête. Il ne se réveilla pas, émit juste un petit gazouillis et enfonça sa tête au creux de mon épaule. Je reculai pour m'asseoir dans le rocking-chair, lui trouvai une position confortable dans mes bras. Une de ses mains dodues était posée sur mon torse. Il était si chaud, si solide.

Je ressentis cette pointe de douleur derrière les yeux qui surgissait toujours quand j'étais au bord des larmes. Je me refrénai. Pas le temps. Pas maintenant. Une sorte de libération. Un soulagement émotionnel. Mais pas maintenant. Je laissai cette émotion se muer en colère.

Le seul mot qui me venait à l'esprit était : *Salope. Espèce de salope.* Comment avait-elle pu s'enfuir en le laissant comme ça ? Notre fils. Mon garçon. Il aurait pu se passer n'importe quoi. Quand il avait huit mois, en rentrant du boulot, j'étais passé devant Doris qui regardait Montel sur le canapé et j'avais trouvé le petit dans la cuisine. Il était assis dans son parc, le visage bleuissant à vue d'œil. Je l'avais agrippé, paniqué, l'avais retourné la tête en bas et lui avais tapé dans le dos jusqu'à ce qu'il expulse le grain de raisin. Il paraît que les grains de raisin et les bouts de hot-dogs sont les deux principales causes d'étouffement chez les enfants de cet âge. Ils se mettent n'importe quoi dans la bouche. Je me souviens de ma mère retirant un haricot sec d'une de mes narines.

Doris s'était sentie si mal que je m'étais abstenu de l'engueuler. Mais à présent, tout ce que je me disais, c'était : *Mais réfléchis un peu. Espèce de salope. Putain de salope stupide !* Et de nouveau je faillis pleurer.

Je réalisai une seconde plus tard qu'elle n'avait pas seulement abandonné le petit. Elle m'avait aussi quitté. Je serrais toujours sa lettre, en boule froissée dans mon poing. Je la défroissai, laissai mes yeux s'accoutumer à la faible lueur de la veilleuse du petit et repris là où je m'étais arrêté.

Je sais que tu seras à la maison bientôt, alors j'ai laissé le petit dormir dans sa chambre. Il était mouillé, je l'ai changé. Il y a assez de couches et de lait pour tenir jusqu'au week-end, mais après tu devras passer au magasin. Je ne sais pas comment te faire comprendre que je ne peux plus rester ici. Je pensais qu'il y avait une raison, mais il n'y en a pas, et si je ne m'en vais pas, je vais devenir folle. Le nom de la dame indienne est Alice. Je sais que tu l'oublies toujours. Elle pourra garder TJ à l'occasion. J'enverrai un peu d'argent pour aider quand je trouverai un job à Houston, mais je ne reviendrai pas. Je viens juste de lire ce que j'ai écrit, et j'ai l'impression que je n'arrive à rien expliquer. Tout ce que je peux dire, c'est que plus j'en dirai, moins tu seras content, alors restons-en là.

Doris

Va te faire foutre, Doris.

Je serrai le petit plus fort contre mon torse, le berçai doucement. Et maintenant ? Bordel, qu'est-ce que j'allais faire maintenant ? Je devais parler à cette bonne femme indienne, Alice. Et j'allais devoir aller fissa — demain — à l'usine d'engrais. Il fallait que je gagne assez pour nous nourrir et régler l'électricité et payer Alice quand je serais au travail.

J'aurais peut-être dû céder à Doris. Aller à Houston. Ce train de pensées me rendit à nouveau furax. Je me rendis compte que je me balançais trop fort, m'obligeai à ralentir. Quand TJ était tout petit, je le berçais trop fort et le faisais vomir. J'avais tout appris depuis, à quelle vitesse le bercer, comment le changer, comment le faire manger.

Je me mis soudain à haïr ce putain de monde dégueulasse. J'avais dû revendre ma guitare et mon ampli il y avait si longtemps que je ne me souvenais même plus de la sensation des cordes sous mes doigts. Je pouvais à peine me remémorer en train de jouer dans un rade enfumé, quand on était vraiment dans le groove, comment on arrivait à hypnotiser une foule quand tout marchait au poil. J'avais abandonné tout ça pour me conduire honorablement. Doris s'était cassée, et Molly allait bientôt partir. Me restait-il quelque chose à sacrifier ?

Le sang séché sur mes mains paraissait noir à la pâle lueur de la veilleuse. La peau du petit brillait, blanche, immaculée. Une vie de blessures et d'os cassés l'attendait. Il allait grimper aux arbres et tomber, marcher sur des cailloux pointus dans la rivière. Mais ça ne suffirait pas à le tenir à l'écart des arbres ou des rivières. J'y veillerais. Je ne voulais pas qu'il grandisse en ayant peur de vivre. C'était ma nouvelle mission dans l'existence. Faire que tout aille bien pour le petit et les envoyer se faire foutre, Doris et tous les autres.

Puis je me rappelai soudain que j'avais tué Billy à la hache. Qui s'occuperait de TJ si j'allais en prison ? L'envie de pleurer revint.

Un bruit dehors, le grincement sonore de la marche métallique qui menait à la porte de derrière.

Je retins mon souffle et attendis, aux aguets. Si c'était Doris qui revenait, cette fois elle allait entendre parler du pays, elle n'allait pas en croire ses oreilles. Je patientai, mais personne n'entra.

Je me levai, me penchai vers la table de chevet et récupérai mon revolver. Le petit dormait, pesant comme un ballot tout chaud au creux de mon bras. Je sortis de la chambre de TJ et marchai à pas de loup vers la porte de derrière. La salle de bains se trouvait juste en face, j'y entrai à reculons, le revolver toujours pointé sur la porte, et je dressai l'oreille.

C'était peut-être Doris qui revenait. Je voulais croire que c'était elle, qui s'était sentie coupable de s'être enfuie, mais elle se serait déjà servie de sa clé pour ouvrir la porte. Elle serait entrée.

Le silence régnait comme un épais sirop suintant partout dans le mobile home. Je n'entendais plus craquer de marche, ni respirer le petit, ni aucune voiture passer sur l'autoroute. Rien du tout. L'attente me confinait dans la brume bleu glacé de mon imagination, dans l'espoir que c'était Doris, tout en sachant que ce n'était pas elle, que quelqu'un se trouvait là-dehors, en train d'essayer de pénétrer chez moi.

Puis deux bruits à la fois.

Un léger cliquetis de l'autre côté du mobile home. Quelqu'un testait la poignée de la porte de devant.

Et j'entendis grincer à nouveau la marche du milieu, derrière.

Je levai le revolver et tirai, en pressant la détente à trois reprises.

Les coups de feu firent vibrer le mobile home, les balles trouant la porte en dessinant un triangle bien net. TJ se réveilla aussitôt, en hurlant et en s'agrippant à ma chemise. À l'arrière, quelque chose tomba dans l'escalier avec un bruit sourd.

Dehors, il y eut des cris, en espagnol.

Je me ruai dans le couloir, à l'instant où une pluie de balles déchiquetait le mobile home, traversant les murs comme s'ils étaient en papier alu. Je plongeai au sol, me retournant à la dernière seconde pour atterrir sur le dos et ne pas écraser le petit. Il hurla de plus belle. Je me mis à quatre pattes au-dessus de lui, genre carapace de tortue, tandis que les balles réduisaient le mobile home en pièces, le feu d'enfer d'une sorte de mitraillette crépitant à l'extérieur. Le feu nourri détruisit une lampe, fit exploser la télévision, martela la pendule qui se décrocha du mur.

La volée de balles suivante fracassa la fenêtre du séjour. S'ils avaient pris position devant le mobile home, alors j'allais me carapater fissa par-derrière.

Je rampai sur les genoux et un coude vers la porte à l'arrière. Je tenais toujours TJ, hystérique, dans l'autre bras. Je me levai, le revolver brandi, prêt à faire feu, et j'ouvris la porte d'un coup de pied juste au moment où j'entendis quelqu'un faire de même devant.

Je franchis le marchepied d'un bond et atterris juste à côté d'un Mexicain mort en chemise rouge, celui qui m'avait balancé un coup de pied dans les côtes, je crois. *Bien fait pour sa gueule.*

Je pris mes jambes à mon cou. Des lampes s'allumèrent dans plusieurs autres mobile homes, des chiens se mirent à aboyer furieusement. À mi-chemin de la Nova, je me retournai pour regarder le mobile home. Un visage s'encadra par la porte de derrière. Je stoppai et tirai deux fois, et le type retourna illico se planquer à l'intérieur.

Le temps que je rejoigne la Nova, j'aperçus la Mustang garée juste derrière ma voiture. Je tirai dans un des pneus avant et le petit sursauta dans mes bras. Il respirait par grandes goulées d'air à présent, tout le corps secoué de gros sanglots. Je ne me le pardonnerai jamais. Qu'importe ce qui allait se passer à partir de maintenant, j'avais échoué. Mon enfant ne devrait pas avoir à subir ça.

Je grimpai dans la Nova et fis rugir le moteur, j'effectuai un demi-tour en queue de poisson et les pneus crissèrent, laissant le mobile home derrière moi. Des coups de feu éclatèrent encore, mais de plus en plus distants. Je me souvins que le siège auto de TJ était dans la voiture de Doris.

Putain-de-salope-putain-de-salope-putain-de-salope-putain-de-salope…

— Pa… papa.

Il tendait les bras vers moi, les yeux aveuglés par les larmes.

Je le pris sur mes genoux, l'embrassant sur le haut du crâne.

— Tu vas t'en tirer, mon pote. Tout va bien se passer.

Il posa la tête contre mon torse, pleurant toujours mais plus calmement, moins paniqué.

Je prononçai une sorte de courte prière. Je ne savais pas trop où j'en étais dans ma relation avec Dieu. J'étais en quatrième la dernière fois que j'avais mis les pieds à l'église méthodiste avec ma mère. Mais le moment me parut idéal pour m'y remettre. J'implorai de l'aide. Je fis des promesses. J'espérais qu'Il écoutait.

Je quittai le parc à mobile homes, roulai à fond la caisse vers la ville et ne vis aucune voiture me prendre en chasse dans le rétroviseur.

9

Je me garai devant la maison de Molly, derrière le Peterbilt de son beau-père.

Je berçai le petit dans mes bras jusqu'à ce qu'il s'apaise un peu. Je n'aimais pas trop ce que je m'apprêtais à faire. Ce n'était pas vraiment le truc de Molly, mais c'était quelqu'un de bien, au bout du compte, à qui je pensais pouvoir me fier. Et puis je n'avais pas vraiment le choix.

Je grimpai les marches du porche, le petit calé sur une hanche, et frappai à la porte. Un long moment passa, et je frappai à nouveau. Molly n'allait décidément pas beaucoup dormir cette nuit. Je m'inquiétai brièvement à l'idée que Roy avait pu rentrer subrepticement chez lui après mon départ. Je le tuerais. Juré, je le tuerais.

Mais Roy n'était pas là. La porte s'ouvrit et Molly s'y encadra, en petite culotte et tee-shirt. Elle se frotta les yeux.

— J'ai besoin d'aide, Molly.

— Quoi ?

J'entrai en la repoussant.

Elle ferma la porte.

— C'est Toby Junior ?

Elle n'avait jamais vu le petit. Tous deux avaient été si chers à mon cœur que je n'avais pas réalisé combien ils étaient séparés. Bien sûr qu'elle ne l'avait jamais vu.

— Oui. Il a eu peur.

Elle me détailla du regard.

— Qu'est-ce qui t'est arrivé ?

— Je suis dans les emmerdes jusqu'au cou, Molly.

— Dis-moi.

— J'ai tué Billy Banks.

Elle l'apprendrait d'ici peu de toute manière.

Elle sursauta et plaqua une main sur sa bouche.

— C'était de la légitime défense, ajoutai-je trop vite.

— Pourquoi ?

— Je crois que Billy faisait passer illégalement des clandestins. Ou travaillait avec des Mexicains. Je ne sais pas. Tu te rappelles cette histoire il y a quelques années, le camion avec tous ces immigrés clandestins qu'on avait retrouvés morts à l'arrière ? Plus tôt dans la soirée, je suis tombé sur un camion similaire, avec un cadenas à l'arrière pour les empêcher de sortir. Garé dans la caserne de pompiers.

— J'y crois pas. Ils étaient morts ?

— Non, pas ceux-là. Vivants.

— Pourquoi dans la caserne ?

— Ça, mystère… Tu aurais du lait ?

— Je crois.

— Tu pourrais en réchauffer et m'apporter une tasse ?

Je m'assis sur son lit, le petit dans les bras. Tremblant toujours, il n'avait pas l'air décidé à me lâcher.

— Je vais le passer au micro-ondes.

— Non, ce n'est pas recommandé. Tu pourrais le chauffer à la casserole ?

— Laisse-moi juste une minute, dit-elle en se rendant dans la cuisine.

Je berçai le petit dans mes bras, et quelque chose l'emporta, le choc ou l'épuisement peut-être, car je vis ses cils se fermer. Ses joues étaient trempées de larmes. En un rien de temps, sa respiration se fit régulière, il s'était rendormi. Je n'imaginais pas pouvoir me regarder un jour dans la glace si je laissais quoi que ce soit lui arriver. J'étais censé être un père.

Je l'installai dans le lit, formai un cercle de coussins autour de lui, puis me rendis dans la cuisine. Molly, qui avait sorti quatre casseroles de taille différente sur le plan de travail, avait la tête plongée dans le réfrigérateur.

— On n'a plus une goutte de lait, annonça-t-elle. Il y a du Yellow Mellow et du jus de carotte.

— C'est bon. Il s'est endormi. Mais on va avoir besoin de lait dans la matinée.

— La matinée ?

— J'ai besoin de ton aide, Molly.

Elle ouvrit des yeux comme des soucoupes.

— Oh, non. Les gosses, j'y connais rien, moi.

— Je suis obligé de retourner là-bas. Et je ne peux pas prendre le petit avec moi. Il lui faut un endroit sûr, d'accord ? J'ai confiance en toi.

— Allez, Toby. Tu dois bien connaître une vieille dame qui pourrait s'en occuper. Je n'ai même jamais fait de baby-sitting.

— Molly, regarde-moi. Il se passe des trucs graves.

— Je ne peux pas. Je ne sais même pas comment on change une couche.

Je posai les mains de chaque côté de ses épaules.

— Molly, je t'en prie. Regarde-moi. S'il te plaît. Je t'en prie.

— D’accord, d’accord. Fait chier. Je ne sais pas ce qu’il est censé manger, ni rien.

Elle avait raison. Je m’étais enfui en laissant le sac de couches au mobile home. Ni lingettes, ni couches, ni crème pour les fesses. Rien. Ce n’était pas comme si je lui déposais un chaton errant. Le petit avait besoin de choses.

— Je vais faire un saut au magasin. J’achèterai des couches. Il faut que je puisse compter sur toi.

— Tu peux compter sur moi, mais s’il tombe malade ou…

— Il va juste dormir. Tout ira bien.

Elle soupira.

Je la pris dans mes bras et me sentis soulagé quand elle me serra à son tour. Elle inclina sa tête vers moi et je me penchai pour l’embrasser, sentis sa langue se glisser dans ma bouche et une de ses mains chaudes se poser sur ma nuque. On se laissa aller à ça un moment. Je ne voulais pas partir, mais je savais qu’il le fallait. Je me dégageai de son étreinte, m’éloignai.

— Je reviens tout de suite avec les couches et le lait.

Je m’arrêtai en chemin, touchai la tête de TJ. J’espérais qu’il n’avait pas été traumatisé. J’espérais qu’il allait dormir paisiblement, faire de beaux rêves et ne pas se réveiller en réclamant sa maman. Je lui fis des promesses silencieuses.

Dehors, je sautai dans la Nova, allumai une Winston et pris la direction du Texaco.

10

J'étais sur la Route 6, à mi-chemin du Texaco, quand la fatigue s'abattit sur moi comme un gorille de deux cents kilos. J'étais éreinté. La nuit avait été sacrément éprouvante et, l'adrénaline se dissipant, je me sentais complètement lessivé. Je faillis piquer du nez sur le volant et dus me donner des claques pour me maintenir éveillé.

Je garai la Nova sur le parking du Texaco et entrai.

La même caissière était de service. Elle aussi paraissait fatiguée. Elle ouvrit la bouche, s'apprêtant à dire quelque chose, mais préféra s'abstenir. Je ne voulais même pas savoir de quoi j'avais l'air.

J'empoignai un litre de lait, un paquet de couches, des lingettes et trois canettes de boisson énergisante, et j'emportai le tout à la caisse. La fille additionna les achats, le total s'élevant à un bon million de dollars. *Saloperie de supérette de nuit.* Cette fois, j'avais mon portefeuille et je payai.

Revenu dans la Nova, je décapsulai une des boissons énergisantes. Au goût, on aurait dit un mélange de sirop pour la toux et de propane. Je voyais ces lycéens en boire à longueur de journée partout en ville. Qu'est-ce qui déconnait avec leurs papilles gustatives ? Je me forçai à vider la canette, puis démarrai la voiture et repris la direction de Coyote Crossing.

La boisson produisit son effet à un kilomètre et demi de la ville, comme si on m'avait injecté une triple dose de caféine. Mes yeux s'écarquillèrent. Je sentis le liquide fredonner dans mes veines. Je tapotai le volant au rythme de Golden Earring. En général, ce genre de musique n'était pas ma tasse de thé, mais mon ancien groupe avait repris le morceau qui passait dans une version sacrément tordue et énergique, alors je ne changeai pas de station. Pas mal de ces vieux groupes n'étaient pas si mauvais. Je fonçai dans la nuit, galvanisé par la boisson énergisante, la musique arrachant la voiture à l'espace-temps. Haut dans le ciel, la pleine lune brillait d'une lumière jaune, comme la tarte à la crème du diable.

Je l'aperçus dans le rétroviseur une fraction de seconde avant que la Mustang heurte le pare-chocs arrière de la Nova. La voiture fit une embardée, les deux roues droites mordirent le bas-côté en faisant voler la poussière. Je tournai le volant d'un coup sec, ramenant la Nova au milieu de la chaussée. Ils m'étaient rentrés dedans par surprise, tous phares éteints. Ils me heurtèrent encore une fois, et j'entendis un craquement fatal à l'arrière. Le pare-chocs se mit à racler l'autoroute dans un fracas métallique.

Les ordures !

Mon pied écrasa la pédale d'accélérateur. J'aurais tout aussi bien pu tenter de m'évader d'une grande roue. La Mustang me percuta de nouveau, brutalement. J'imagine que d'avoir à changer une roue n'avait pas dû améliorer leur humeur. Ils mirent les pleins phares, qui m'éblouirent. Au choc suivant, je perdis le contrôle — la Nova tournoya sur la route, et les phares de la Mustang illuminèrent soudain mon pare-brise.

Je me retrouvai dans le sens opposé, les mains agrippées au volant, Golden Earring résonnant toujours dans les haut-parleurs.

La Mustang me croisa en passant si près, côté conducteur, qu'elle emporta le rétroviseur dans un craquement sec. Le moteur avait calé ; je tournai la clé de contact, j'écrasai l'accélérateur et la Nova s'élança à nouveau. La Mustang fit demi-tour en douceur et revint dans ma direction.

Je fis une embardée, pointai la Nova droit sur les phares à l'approche et j'appuyai sur le champignon jusqu'à faire rugir le moteur. Le bon vieux jeu de la poule mouillée. Voyons qui a des couilles et qui n'en a pas. Qui se dégonflerait le premier, lui ou moi ?

Moi.

Je donnai un brusque coup de volant à droite, déportant la Nova sur le bas-côté. Ce tronçon de la 6 était surélevé de presque un mètre, de sorte que le bord du talus tombait à pic. La Nova s'inclina de manière alarmante, et je crus que j'allais finir sur le capot. Bandant tous mes muscles, je luttai contre le volant, projetant de chaque côté des jets de poussière en redressant le cap en direction de la route. Je me détendis quand la Nova remonta le bas-côté et retrouva la chaussée. Je repris de la vitesse.

Les phares de la Mustang brillèrent dans le rétroviseur en un rien de temps.

Je croyais qu'elle allait encore me foncer dedans par l'arrière, mais elle décrocha pour arriver à ma hauteur et les deux voitures se heurtèrent sur le côté. Je braquai le volant vers elle, fis une jolie bosse à sa portière côté passager, mais le chauffeur recommença deux fois plus violemment et je faillis de nouveau quitter la route. Il se rapprocha encore et j'enfonçai la pédale de frein, le laissant passer devant moi.

À mon tour, enfoiré.

J'accélérai à fond avant qu'il puisse s'y préparer et je lui fonçai un bon coup dedans. L'un de mes phares rendit l'âme, mais j'avais détruit ses deux feux arrière. Un point pour l'adjoint du shérif.

Mon modeste triomphe fut de courte durée. Il accéléra à son tour, zigzagua, bifurqua, braqua soudainement et se repositionna le long de la Nova. Il me heurta violemment, et cette fois je quittai la route, mordis le bord du talus, sentis la voiture s'incliner. Paniqué, je donnai un coup de volant dans le mauvais sens et la Nova fit un tonneau.

L'habitacle devint comme une boule à neige, pleine de saletés, qu'on aurait secouée, envoyant valser les emballages de bonbons, de fast-food et les canettes de soda tandis que la voiture finissait par s'immobiliser sur le capot, le faisceau de l'unique phare impuissant à percer le nuage de poussière qui avait englouti la voiture. J'eus l'impression d'avoir été projeté dans une autre dimension.

Je savais qu'ils allaient me tomber sur le râble d'un moment à l'autre. Je détachai la ceinture de sécurité, me dégageai un peu. La portière était bloquée, alors je baissai la vitre, me faufilai péniblement à l'extérieur et dégainai mon revolver. Je toussai, en clignant des paupières dans la poussière qui virevoltait. Je m'essuyai les yeux, sentis un truc poisseux. J'avais une entaille au-dessus de l'œil gauche, le visage maculé de sang et de poussière. Je m'adossai contre la Nova, en gardant le revolver brandi, attendant que quelqu'un approche pour me tuer.

Personne.

Je rampai sur le ventre jusqu'en haut du talus et vis ce qui s'était passé.

À une cinquantaine de mètres, la Mustang était sortie de route de l'autre côté, l'avant de la voiture penché par-dessus le talus. Tout en se balançant d'avant en arrière, elle bataillait ferme, le moteur rugissant, pour tenter de se dégager. Les roues arrière projetaient de la terre et des cailloux. Elle allait se libérer d'une seconde à l'autre et revenir me chercher.

Je retournai à la Nova et j'attrapai le sac contenant les couches et le lait. Je me mis à courir dans la cambrousse en direction de la ville. Elle était à moins d'un kilomètre et demi, ses lueurs clairement visibles. Même au clair de lune, ils ne parviendraient pas à me repérer sur la vaste étendue sombre du paysage nocturne. Laissons-les me chercher près de la Nova renversée. Je trottai une bonne minute avant de m'autoriser à jeter un coup d'œil par-dessus mon épaule.

La Mustang s'était dégagée et elle roulait lentement. Elle s'arrêta à une distance prudente de la Nova retournée, ses phares transperçant la nuit. Si j'avais de la chance, ils allaient peut-être perdre une bonne heure à patrouiller autour de l'épave à ma recherche.

Je me retournai en direction de la ville et continuai de courir.

11

— Bon Dieu de merde ! s'exclama Molly, dont la voix s'étouffa en un murmure rauque. Qu'est-ce qui s'est passé ?

— Comment va le petit ?

— Il dort toujours. Et toi, ça va aller ?

— Plus de peur que de mal. C'est surtout de la saleté. Laisse-moi entrer, tu veux ?

Elle s'écarta, et je lui donnai le sac du magasin en me dirigeant vers sa salle de bains. Je me regardai dans la glace. Je n'étais pas beau à voir, le visage couvert d'un mélange de sang, de saleté et de sueur coagulés. Je remplis l'évier d'eau froide, m'en aspergeai. L'eau picota la coupure au-dessus de mon œil. Sans en tenir compte, je continuai à m'asperger jusqu'à retrouver une apparence à peu près humaine. Je me nettoyai la figure avec une des serviettes propres de Molly, la maculant de brun et de rouge, la jetai par terre. Je vidai l'évier, tournai à nouveau le robinet d'eau froide et puisai de l'eau jusqu'à me débarrasser du goût de poussière dans ma bouche.

Je pissai, tirai la chasse d'eau.

Molly faisait le pied de grue dans le couloir, attendant que je sorte.

— Toby, reste ici. Chaque fois que tu sors, quelque chose…

— J'ai un truc à faire.

Je passai devant elle, allai à la cuisine et ouvris le réfrigérateur. Elle avait mis dedans les deux boissons énergisantes qui me restaient. Je les pris. Il y avait deux cuisses de poulet sur une assiette. Je les pris aussi. Je retournai dans la salle à manger, où Molly me suivit des yeux, l'air désapprobateur, les bras croisés. Je n'avais pas le temps de réfléchir à ce que je pourrais lui dire pour la rassurer. Je regardai le petit. Il dormait toujours. *Bien.*

Je me dirigeai vers la porte d'entrée.

— Toby, s'il te plaît…

— Molly, occupe-toi juste de TJ, OK? Reste ici et garde un œil sur lui.

Je m'éclipsai avant qu'elle ait pu trouver quelque chose à ajouter. Je fouillai mes poches et finis par trouver le bon trousseau de clés. Je déverrouillai le Peterbilt de Roy et me hissai dans la cabine. Ce camion était un vrai monstre. Je m'assis, passai en revue les leviers et les jauges, m'efforçant de me souvenir de l'époque, quelques années auparavant, où j'avais conduit le semi-remorque d'un copain, deux fois en tout et pour tout, juste pour me marrer. Je fis vrombir le moteur et mis en marche l'air conditionné.

L'air frais me fit du bien. Je restai assis là un instant, sans bouger, laissant l'air conditionné rafraîchir ma peau sale et en sueur.

Assis dans la cabine, je dévorai les cuisses de poulet et balançai les os par la vitre. L'accoudoir servait aussi d'espace de rangement pour les CD. Je parcourus la collection de musique de Roy, le sourcil froncé. Je vis défiler Céline Dion, Kenny G, Lionel Richie, Abba Gold, Three Tenors, Sade, Britney Spears, Seal, Clay Aiken…

Putain, Roy. C'est quoi cette merde ?

Je glissai Abba dans le lecteur de CD et passai en première, le grincement du Peterbilt recouvrant les premières notes de « Dancing Queen ». Le monstre finit par s'ébrouer, et j'étais parti. Je réussis à m'extraire du voisinage, un quartier résidentiel, sans écraser de boîte aux lettres ni de barrière grillagée au passage. Je tournai lentement, en prenant toute la largeur possible, dans Main Street et dénichai la ruelle que je cherchais en face du Skeeter's. J'arrêtai le camion juste après, puis tentai de reculer mais dus stopper avant d'enfoncer une palissade devant le Skeeter's. Je remis la marche avant et réessayai. Au bout de cinq tentatives, alors que j'avais épuisé tout mon stock de gros mots, je réussis enfin à garer le camion en marche arrière dans la ruelle. J'éteignis les phares, mais je laissai tourner le moteur avec la soufflerie d'air conditionné.

Je restai assis, les yeux rivés sur Main Street, décapsulai une boisson énergisante et la bus d'une traite. Abba chantait « S.O.S. ». S.O.S. C'était exactement ça. Abba n'était pas si nul, en fin de compte. Mais je n'aurais jamais avoué ça à quiconque.

J'extirpai la boîte de cartouches de .38 de ma poche de pantalon et rechargeai le revolver. Au lieu de le remettre dans le holster, je le posai sur le siège passager, où je pourrais vite m'en saisir. Je savais que Karl, qui m'attendait au poste de police, serait furax, mais ce truc ne pouvait pas attendre. Et puis que Karl aille se faire foutre après tout. Qu'il aille ce faire foutre, ce mec.

Qu'ils aillent tous se faire foutre.

Dix minutes s'égrenèrent avant que je voie enfin la Mustang passer sur Main Street en provenance de l'ouest. Je savais qu'ils ne me lâcheraient pas la grappe, je savais qu'ils reviendraient par ici, tôt ou tard. *Je le savais, bande de fumiers.* À la lueur des lampadaires, la bagnole avait l'air drôlement esquintée. Ma Nova renversée avait clairement perdu la bataille, mais la Mustang en avait pris aussi un sacré coup. L'avant était broyé comme si un géant avait balancé un direct dans le nez de la voiture, il y avait des éraflures et des bosses sur le côté. La peinture rouge cerise était recouverte de saleté et de poussière.

Tant mieux. Va te faire foutre, Ford Mustang Mach 1.

Après leur passage, je comptai jusqu'à trente. Puis j'allumai les phares et je sortis de la ruelle pour suivre la Mustang. Je respectai la limitation de vitesse. S'ils suspectaient que le camion en avait après eux, il leur serait très simple d'accélérer et de s'enfuir.

On sortit de la ville à l'est, et j'eus la certitude de l'endroit où ils allaient. Le Mona Lisa Lodge était le seul motel à des kilomètres à la ronde, et n'était situé qu'à deux minutes de Coyote Crossing. Je ralentis, laissant la Mustang prendre un peu d'avance. Je préférais toutefois ne pas les perdre de vue, même s'ils n'étaient pas faciles à suivre avec leurs feux arrière bousillés. Là, je ne pouvais m'en prendre qu'à moi.

Tant qu'on ne m'avait pas viré, je représentais toujours la loi. Mais il y avait bien plus que ça en jeu. Désormais, c'était une revanche. Je passai la vitesse supérieure et maintins l'allure. *L'enfer est à vos trousses, espèce de fils de pute.*

L'enseigne lumineuse verte du Mona Lisa surgit à l'horizon. C'était loin d'être un motel terrible. Une douzaine de chambres alignées en rang d'oignons et un bureau humide flanqué d'une machine à glace et d'un distributeur de Pepsi. La veuve McCarthy était sans doute à l'accueil, ou plus probablement en train de pioncer dans le bureau du fond. Je savais à quoi ressemblaient les chambres de l'intérieur. Couleur unie d'un ton terreux, carrelage jaune terne dans les salles de bains. Aucune reproduction aux murs. Deux chaînes brouillées sur la télé. J'étais allé deux fois au Mona Lisa avec Molly quand son père était en ville et qu'on ne pouvait pas attendre. J'avais raconté à Doris que j'avais pris une garde de nuit. Molly avait dit à son père qu'elle dormait chez une amie.

Je me demandais si je pourrais convaincre Molly de rester à Coyote Crossing et de m'épouser. Peut-elle finirait-elle par s'habituer au petit et par l'aimer… L'idée me fit rire. *Bordel.* Elle ne m'aimait sans doute même pas. Il y avait autant de chances que ça se produise que j'attrape la lune dans le ciel et me la fourre dans la poche. Et, de toute façon, il était plus que probable que j'aille croupir en prison.

La Mustang tourna dans le parking du motel et alla se garer devant la chambre située tout au bout de la rangée. Je ne ralentis pas l'allure et passai devant le motel en continuant tout droit, un simple routier parmi d'autres qui roulait de nuit, direction nulle part, USA.

Je parcourus encore quatre cents mètres sur l'autoroute, puis décélérai et fis lentement demi-tour. J'arrêtai le camion au bord de la route, en laissant tourner le moteur. J'allumai une cigarette. Laissons-les s'installer tranquillement dans leur chambre, baisser la garde.

Je repartis vers le motel, en passant progressivement les vitesses. Je pensai un moment éteindre mes feux, mais à la place je mis pleins phares. « Waterloo » braillait dans les haut-parleurs. J'atteignis le parking du Mona Lisa à pleine vitesse et lançai le camion droit sur la Mustang.

Le Peterbilt fracassa le côté conducteur avec un *crunch* qui évoquait le bruit d'une canette vide écrabouillée par une batte de base-ball. Le semi-remorque renversa la Mustang sur le côté et la traîna ainsi un moment avant de l'envoyer bouler. Je retournai sur la route en me préparant à faire un autre passage.

Deux Mexicains jaillirent de la chambre du motel, armes à la main, un type en rouge et le chef en chemise noire. Je dirigeai le camion vers leur porte d'entrée et passai la vitesse supérieure. J'appuyai sur le klaxon. Ils levèrent leurs flingues.

Le klaxon du camion résonnait plein pot lorsqu'ils ouvrirent le feu. Des balles traversèrent le pare-brise quelques centimètres à ma droite, fissurant le verre. Le tir suivant passa tout près de moi, alors je me tapis sur mon siège, sans lever le pied de l'accélérateur. Je n'avais pas pris autant de vitesse que je l'espérais, mais je suppose que je me fis comprendre car les Mexicains se replièrent dans leur chambre.

Mauvais choix.

Je donnai un nouveau coup de klaxon juste avant que le Peterbilt défonce la porte et la fenêtre, projetant une pluie de poussière et de débris sur le pare-brise du camion. Je stoppai et coupai le moteur, j'attrapai le revolver qui avait glissé du siège et je descendis de la cabine. Je trébuchai dans les décombres. Un bras dans une chemise rouge émergeait de sous la roue avant du camion. Je n'avais pas envie d'en voir plus.

Je me remis sur mes pieds et progressai sur les débris instables. Les phares du camion trouaient le nuage de poussière qui virevoltait dans la chambre du motel. Une silhouette traversa les rais de lumière, tel un fantôme flottant dans la brume. Il avança, et je vis que c'était le chef en chemise noire, une arme à la main, essuyant ses yeux de l'autre. Il toussa en agitant le flingue devant lui.

Je pointai le revolver sur lui.

— Lâche ton flingue, *amigo !*

Il toussa de nouveau, clignant des yeux pour en chasser la poussière.

— *Puerco !*

— J'ai dit lâche-le.

Il tira bien au-dessus de ma tête. Je pressai quatre fois la détente, faisant éclore des taches rouges sur son torse. Il tournoya un peu avant de s'écrouler à genoux, se balança un instant dans cette position, puis s'affala complètement.

Je restai là un moment, à respirer fort, le calme régnait à nouveau, à part le clapotis de l'eau dans la salle de bains où un tuyau avait dû se détacher. L'endroit empestait la cordite, la poussière de plâtre, le sang et le moteur surchauffé du semi-remorque. Il y avait une autre odeur aussi, qui imprégnait le mélange. Les intestins de quelqu'un s'étaient relâchés.

La nausée m'envahit et je sortis de la chambre du motel, en prenant garde à ne pas trébucher. Une fois dehors, j'aspirai l'air frais à pleins poumons. La lumière était allumée à l'accueil, je m'y dirigeai, sans me presser.

Lorsque j'arrivai au bureau, Myrtle McCarthy sortait de la pièce du fond, vêtue d'un peignoir bleu en éponge, se frottant les yeux avant de chausser ses lunettes. Elle eut un mouvement de recul en me voyant. Je pouvais sentir le gin à dix pas.

— Toby, ça va ?

— Je vais survivre, madame McCarthy. Je voulais juste vous informer qu'il y a eu un peu de grabuge. Vous allez devoir appeler votre assureur dans la matinée.

Elle aperçut par-dessus mon épaule le camion toujours à moitié enfoncé dans la chambre du motel.

— Sacré nom, comment c'est arrivé ?

— C'est une longue histoire, m'dame. J'ai bien peur que ces Mexicains soient morts.

— Celui de l'autre chambre aussi ?

Un de mes sourcils se leva, interrogatif.

— L'autre chambre ?

— Quand ils sont arrivés, ils ont pris deux chambres côte à côte.

— Vous pouvez me donner le passe, m'dame ?

Elle glissa la main sous le comptoir et en sortit une clé sur une grosse chaîne verte, avec le portrait de Mona Lisa dessus. Elle eut une seconde d'hésitation avant de me la tendre.

Je pris la clé.

— Je reviens tout de suite.

Je revins sur mes pas le long de la rangée de chambres, un peu plus vite cette fois. Il n'y avait pas de lumière dans la chambre mitoyenne de celle que j'avais détruite. J'enfonçai la clé, tournai la poignée et me précipitai à l'intérieur en me penchant.

Deux coups de feu rapprochés résonnèrent dans la pièce, dessinant deux flashes blancs au cœur de l'obscurité. Les balles firent voler le plâtre du mur à quelques centimètres de mon visage. Je m'accroupis et tirai deux fois sans viser. Quand je pressai la détente une troisième fois, j'entendis un *clic*.

— Merde !

Je balançai le revolver et me précipitai en direction des flashes. Un autre coup de feu fut tiré, et je sentis sa chaleur sur mon visage. Je fonçai dans quelqu'un et on tomba tous les deux. Le type était plus petit que je ne m'y attendais. Je me retrouvai sur lui, je le frappai du poing de toutes mes forces, je sentis et j'entendis le choc sur la chair. Je le frappai encore. Je cherchai ses mains à tâtons, trouvai et confisquai son arme.

Je me relevai, haletant, reculai jusqu'au mur et appuyai sur l'interrupteur. Le pistolet dans ma main était un automatique .25 argenté. Un petit joujou merdique, sans aucune précision. Il fallait pointer ce truc juste sous le nez de votre cible pour espérer la toucher. Je regardai mon adversaire et vis que je venais de tabasser une femme. Ma mère aurait été très déçue. Mais je n'avais aucun regret. Cette salope avait essayé de me flinguer, quand même.

C'était une Mexicaine à la peau claire, dans les trente ans à peine, avec une opulente chevelure brune toute décoiffée. Elle devait être couchée vu qu'elle ne portait qu'une culotte noire. Ses seins se défendaient tout seuls, gros mais pas affaissés, la taille fine, de longues jambes. Elle réussit à s'accroupir, puis se releva lentement, sans me quitter des yeux un seul instant, comme un chat sauvage hésitant entre le combat et la fuite.

Je gardai son automatique pointé sur sa poitrine, récupérai mon revolver et le rangeai dans le holster.

On se jaugea du regard quelques secondes. Je ne savais pas encore au juste ce que j'allais faire d'elle.

— Et maintenant, cow-boy, tu vas m'arrêter ?

Un coin de ses lèvres se souleva, dessinant un sourire espiègle. Elle n'avait qu'un léger accent.

— Vous êtes en état d'arrestation, ça oui.

Elle fit courir un doigt sous l'un de ses seins.

— Comme ça ? Tu vas m'emmener nue ?

— Passez un truc. Approchez la main d'autre chose que de vêtements, et je vous vide ce joujou dessus.

Elle s'exécuta tranquillement, comme si tout cela ne la dérangeait pas le moins du monde. Elle enfila par la tête une robe de coton moulante imprimée d'un motif floral, glissa ses pieds dans une paire de sandales en corde.

Elle me tendit ses poignets.

— Tu veux me passer les menottes ?

Je n'avais pas de menottes, mais je lui marmonnai ses droits. J'avais appris à les réciter par cœur, je m'étais même exercé devant un miroir.

J'avais déjà tué au moins quatre hommes, à ma connaissance, mais c'était la première fois dans ma carrière d'adjoint du shérif que j'arrêtais quelqu'un.

12

Le semi-remorque fit un sacré boucan en reculant parmi les décombres, le bas frottait, s'accrochant à je ne voulais savoir quoi. Le camion cala, et je dus redémarrer en me battant avec l'embrayage.

— Tu es sûr de savoir conduire ce genre de truc ?

Elle était assise sur le siège passager, les jambes croisées, les mains attachées par un cordon électrique que j'avais arraché à une lampe.

Je l'ignorai, forçai le camion à passer en première et repris la direction de la ville. Un bruit de ferraille d'assez mauvais augure cliquetait quelque part sous le capot et les freins grinçaient salement. Roy allait être furax. Quel merdier.

— De quoi je suis inculpée ? demanda-t-elle.

— Quoi ?

— Si tu m'arrêtes, tu dois m'inculper de quelque chose.

Je réfléchis un instant.

— Eh bien, pour commencer, vous m'avez tiré dessus.

— Tu es entré dans ma chambre par effraction. Légitime défense.

— Complicité dans un trafic d'immigrants clandestins. C'est assez précis pour vous ?

Je fichai une Winston entre mes lèvres et l'allumai.

— Je ne vois pas de quoi tu veux parler.

— Bien sûr que non. Vous parlez mieux anglais que les autres.

— Je suis allée à l'université du Texas d'El Paso pour étudier la comptabilité.

— Hé, je parie que c'est vous qui dirigez ce trafic. Le chef du réseau. Le big boss.

— Là d'où je viens, ils ne laisseraient jamais une femme diriger quoi que ce soit. Je peux en avoir une ?

Je me penchai et lui collai une cigarette dans la bouche, lui allumai.

— J'exige un avocat, dit-elle.

J'éclatai de rire. Fort.

— Cette corde est trop serrée, j'ai mal aux poignets.

— Vous n'avez qu'à vous y faire.

Elle se renfrogna.

— Espèce de blanc-bec stupide. Tu ne sais pas où tu mets les pieds.

— Ah oui ?

— Oui. Et tu ne vas pas tarder à t'en rendre compte.

Elle esquissa un sourire narquois, souffla la fumée de la Winston.

— Vous savez ce que je pense ? Je pense que vous avez remué votre joli petit popotin devant Luke Jordan et qu'il s'est fait tuer à cause de vous. Qui a tiré ? Votre petit ami, sans doute. Qui est votre petit ami, mademoiselle Machin ? Le chef de bande avec la chemise noire classieuse, je parie.

— C'est mon frère.

— Il est mort.

Ce qui lui cloua le bec pour de bon.

Je garai le camion devant le poste de police, où j'entraînai la Mexicaine en la tirant par le coude. J'espérais que Karl serait là, mais l'endroit était désert. Je la détachai et la poussai dans une des cellules.

— Attends.

Elle se colla à l'avant de la cellule, agrippa les barreaux et me fixa d'un regard noir.

— Tu ne mentais pas ? Il est mort ?

— Oui.

Je ne cherchais pas à remuer le couteau dans la plaie, mais je ne m'excusai pas non plus.

Sa main jaillit entre les barreaux et ses ongles me griffèrent le visage. Je fis un bond en arrière et sentis picoter ma joue gauche.

— Je vais te tuer ! s'écria-t-elle. Même si c'est la dernière chose que je fais, je veux te voir agoniser en te tortillant par terre. Je te planterai un couteau dans le ventre !

Son visage était déformé par une rage sauvage, animale.

— Mademoiselle, fermez-la.

Je m'affalai devant le bureau, dénichai une boîte de Kleenex et tamponnai mes nouvelles écorchures. Elle continuait à m'insulter en mexicain. J'ignore ce qu'elle racontait, mais elle avait l'air plutôt exaltée.

Je rechargeai mon revolver et calai l'automatique de la femme sous ma ceinture.

Je décrochai le téléphone pour appeler Molly, mais il n'y avait pas de tonalité. Je vérifiai le fil, m'assurai qu'il était bien branché dans la prise. J'allai dans la pièce du fond et essayai le téléphone mural près des casiers. Il ne marchait pas non plus.

Merde.

J'ignorais si c'était mauvais signe, ou de la simple malchance. L'année dernière, un orage maousse avait balayé la région et un éclair avait grillé la boîte de dérivation qui assurait les communications dans toute la ville. Personne n'avait pu passer de coup de fil pendant trois jours, et la ville était trop isolée au milieu de ce putain de no man's land pour que les portables fonctionnent. *Bon Dieu.* Et il fallait que le téléphone lâche maintenant. Je m'adossai contre les casiers, me frottai les yeux.

Loin de la furie mexicaine, le calme régnait dans la pièce du fond. Je m'assis au bord du coffre-fort et finis ma cigarette. Il y avait sans doute des papiers à remplir quand on arrêtait quelqu'un. Un rapport à faire. Je ne connaissais même pas le nom de la femme.

Je retournai à l'avant, me plantai devant sa cellule.

— Hé, c'est quoi votre nom ?

Elle m'injuria en espagnol et me cracha dessus.

— Oh, allez.

La porte du poste s'ouvrit en grinçant derrière moi et Karl fit son entrée. *Dieu merci.* Ce gros tas de muscles était un connard, mais à présent je pouvais lui refiler la responsabilité de tout ce bordel. Il y avait de bonnes chances qu'il me débite mes droits et que je me retrouve dans la cellule voisine de la furie, mais à ce stade je voulais juste en finir avec tout ça.

— Putain, où t'étais passé ? fit Karl.

Il mesurait bien quinze centimètres de plus que moi, le double en corpulence, avec une mâchoire carrée sculptée dans le granite et un nez de faucon qui lui mangeait le visage. Les cheveux brun sale coupés à ras. Une denture chevaline. Il empestait l'après-rasage.

Il m'aboya dessus.

— Je suis passé deux fois ici après ton coup de fil. Alors c'était quoi, cette putain de grande urgence qui te met dans tous tes états…

Son regard s'écarta de moi pour se poser sur la demoiselle mexicaine dans la cellule.

— Oh… merde.

Je tournai la tête vers la furie.

— Vous pouvez toujours tenter votre chance et lui cracher dessus pour changer.

Je me retournai face à Karl.

— Bon, je ferais mieux d'expliquer…

Le premier coup de poing m'atteignit juste entre les yeux, et ma tête partit en arrière, rebondissant contre les barreaux de la cellule. Je titubai, j'encaissai un autre coup dans la mâchoire et mes genoux se transformèrent en caoutchouc. La pièce s'inclina, devint toute floue et mon visage heurta le sol.

Mes oreilles se mirent à bourdonner furieusement et ma vision tourna au rouge vif avant de laisser place au noir total.

13

Je clignai des yeux et secouai la tête pour tenter de m'éclaircir les idées. Quelqu'un me flanquait des gifles.

— Réveille-toi, connard.

Karl était assis sur moi.

Sa voix sonnait drôlement, comme si elle provenait du fond d'un puits.

Il me gifla encore. Je me crispai, tentai de me dégager, mais il m'empoigna par la chemise. Il me souleva et me balança sur une chaise, me dominant de toute sa hauteur comme une avalanche prête à m'emporter. Il me soulagea du revolver dans mon holster, ainsi que du petit automatique sous ma ceinture.

— Passe-moi mon flingue, dit la Mexicaine de sa cellule. Je veux lui trouer le bide.

— Ferme ton clapet, espèce de garce, dit Karl. C'est toi qui as tout fait foirer depuis le début.

— Je t'ai dit que c'était pas ma faute, se défendit-elle. En prenant les clés de Luke Jordan, ce cow-boy nous a tous foutus dedans.

Fouillant mes poches, Karl trouva les clés de Jordan. Il prit ses menottes, referma un bracelet autour de mon poignet et fixa l'autre à un barreau de la cellule.

— Je reviens.

La furie secoua les barreaux.

— Fais-moi sortir de là !

— Personne n'ira nulle part avant que j'aie éclairci ce bordel. Maintenant ferme-la et ne bouge pas.

Karl sortit par la porte de devant. Je tirai sur les menottes, juste pour la forme, je savais que c'était vain. Je m'affalai sur la chaise et laissai échapper un soupir épuisé.

— T'es mort, cow-boy. T'es assis là, mais t'es déjà mort.

Je n'avais rien à répondre à ça. Elle avait sans doute raison.

— Tu aurais mieux fait de ne pas fourrer ton nez là-dedans, dit-elle. Il a fallu que tu joues au flic héroïque, stupide cow-boy.

— Hé, au moins j'ai pas fourré un tas de gens à l'arrière d'un camion. Ils auraient pu étouffer là-dedans. Et il faisait chaud comme dans un four.

— Tu parles bien comme un idiot de *gringo*. Que ces gens soient prêts à braver la mort pour venir dans ton pays devrait te mettre la puce à l'oreille. L'homme ou la femme le plus pauvre qui vit dans un de tes ghettos est bien mieux loti que des milliers d'autres, juste de l'autre côté du fleuve. Vous ne connaissez rien de la vraie pauvreté.

— Je n'ai pas de réponse politique à te donner, dis-je. Peut-être que toi et tes compatriotes, vous devriez travailler à redresser votre pays. C'est pas mon problème. Mais ce qui se passe dans cette ville, si. Ce qui arrive à Luke Jordan est mon problème.

— Dans quelques minutes, plus rien ne sera ton problème.

Je secouai de nouveau les menottes.

— Merde.

Karl m'avait laissé mes Winston et mon briquet. J'allumai

une clope et, en fumant, m'efforçai de cogiter à un plan d'évasion.

La furie s'approcha de l'avant de la cellule.

— Passe-m'en une.

— Va te faire foutre.

Elle se remit à m'injurier en espagnol.

Karl réapparut par où il était sorti. Il était si rouge que je m'attendais à voir des jets de vapeur lui sortir par les oreilles, comme dans les dessins animés. Il se pencha juste au-dessus de moi, menaçant, et je sentis la haine irradier de lui.

— Bon Dieu, mais qu'est-ce que t'as foutu là-bas ?

— Je ne vois pas de quoi tu parles.

Le dos de sa main envoya valser ma tête, allumant des petits spots colorés devant mes yeux. Mes dents vibrèrent sous l'impact. Un goût de sang dans la bouche, je crachai et un filet s'écoula sur mon menton. Un bref instant, je crus qu'il m'avait brisé la mâchoire. Je tâtai de la langue mes dents du fond.

— T'avise pas de jouer au plus fin avec moi, petit con, dit Karl en appuyant un doigt boudiné sur mon front. T'as pigé ?

Je hochai la tête et me massai la mâchoire. J'allais m'en remettre, mais elle resterait endolorie pendant un moment.

— Qu'est-ce qui s'est passé ? demanda la furie.

— Billy Banks, il est allongé là-bas avec une hache enfoncée dans la nuque. Toute notre cargaison a filé.

Cargaison. C'est ainsi qu'ils appelaient des êtres humains.

— Où ? demanda-t-elle.

— Bordel, qu'est-ce que j'en sais ?

Karl me planta un doigt dans le torse.

— Tu ferais mieux de te mettre à table, gamin.

Gamin. Ce fils de pute n'avait que huit ans de plus que moi.

La furie recommença à secouer les barreaux, en émettant une sorte de grognement de frustration évoquant un animal pris au piège.

— Tu vas m'ouvrir cette putain de cellule ?

— Tout doux, mam'zelle.

Karl se frotta le visage, lâcha un soupir exaspéré.

— Ça ne marchera pas. C'est fichu. On ne pourra jamais couvrir tout ça. La ville va bientôt se réveiller et se mettre à poser des questions, et Billy est là-bas en train d'attirer les mouches. On va devoir coller ça sur le dos de quelqu'un.

Les yeux de la furie se plissèrent.

— T'as pas intérêt à me regarder, mon grand.

— Non, tu n'es pas crédible, dit Karl. Bon Dieu, qu'est-ce que Krueger va faire ? Et où il est, d'ailleurs ?

— Le cow-boy, dit la furie.

— Le quoi ?

— Lui, dit-elle. Mets ça sur le dos du gamin.

Ce qui me réveilla un peu.

— Quoi ?

— Hé, c'est pas con, dit Karl.

— Personne n'y croira, dis-je.

— Bien sûr que si… On peut même te coller sur le dos le meurtre de Luke Jordan. Merde, ça pourrait marcher.

— Pourquoi j'aurais tué Luke Jordan ?

Karl se pencha jusqu'à me regarder les yeux dans les yeux.

— Satané gamin, t'es vraiment un crétin fini, hein ? On pourrait peut-être aller demander à Doris, histoire de voir si elle a une idée.

— Tu ne pourras pas te servir de Doris contre moi, dis-je. Elle est partie chez sa sœur.

— Encore mieux, apprécia Karl avec un petit sourire narquois. Elle te quitte, alors tu passes ta colère sur Luke.

— Mais pourquoi je ferais ça, bordel ?

— Tu continues à faire comme si tu ne le savais pas.

— Je raconterai tout, dis-je. Si tu essaies de me coller ça sur le dos, je chanterai comme un putain de quatuor de garçons coiffeurs.

— Tu ne diras absolument rien, dit Karl en sortant le Glock de son holster. Parce qu'on t'a tué alors que tu essayais de t'échapper.

Oh… merde. Je sentis mon sphincter frémir. Mes intestins se relâchaient.

— Tire-lui dans le bide.

— Ta gueule, coupa Karl.

Il pointa son arme sur moi.

Je tentai désespérément de trouver quelque chose à dire qui l'obligerait à attendre. Mais j'avais la bouche si sèche que je n'arrivais pas à prononcer un mot.

— Tu ne peux pas le faire comme ça, intervint la furie.

— J'ai la situation en main, c'est bon.

— Imbécile, dit-elle. Tu ne peux pas le flinguer comme s'il s'évadait s'il est menotté à la cage.

Karl baissa le pistolet.

— Putain, t'as raison.

Il plongea deux doigts dans sa poche de chemise, en sortit un anneau avec deux petites clés et me les lança. Je les attrapai par réflexe. Les levai. Les clés des menottes.

— Détache-toi, dit Karl.

— Je ne vais pas t'aider à me buter.

— Tu veux mourir debout, comme un homme, ou en te tortillant comme un lâche ?

— Je ne veux pas mourir du tout.

— Je vais te dire, fit Karl, reste assis là à me prendre la tête, et je te tire dans le bide, comme le veut la *señorita*. Fais ce que je te dis, et ce sera propre et rapide.

Je me levai, repoussai la chaise du pied. La perspective d'une mort rapide n'était guère réconfortante, mais jamais je ne me contenterais de le regarder avec de grands yeux comme un chien de chasse stupide en attendant qu'il me bute. J'allais détacher les menottes, tenter une ruse quelconque et lui sauter dessus, en espérant le prendre par surprise. N'importe quoi. Je n'avais quasi aucune chance, mais une chance sur un million était mieux que rien. Je détachai la menotte de mon poignet, m'apprêtai à bondir.

— Je vais te tirer cette balle juste entre les deux yeux, gamin. Je devrais te dire que je suis désolé, mais franchement je ne le suis pas tant que ça.

Il plissa les yeux et pointa le canon droit sur mon visage.

— Lâche ça, Karl.

La nouvelle voix me fit sursauter. Karl se figea.

— J'ai dit lâche ça.

Karl commença à se retourner pour lui faire face.

— Ne te retourne surtout pas, Karl. Pas de geste brusque, pose juste ton arme par terre.

Karl jura entre ses dents.

— Tu ne sais pas ce qui se passe ici, Amanda.

— C'est vrai, reconnut Amanda. Mais je suis certaine de t'avoir entendu décrire comment tu allais assassiner Toby ici même, et ça m'étonnerait beaucoup que ce soit la procédure légale. Maintenant, pose ton arme.

Elle tenait fermement son automatique des deux mains.

Amanda était mince et athlétique, bronzée, presque aussi

grande que moi, avec des cheveux brun-roux coupés court comme un homme. Son uniforme d'adjoint kaki dissimulait une vraie musculature féminine, comme en ont les joueuses de tennis pro, mais je savais qu'Amanda se l'était forgée à force d'escalade et de randonnées à vélo. Je l'avais vue mettre en plein dans le mille au stand de tir et bloquer les bras de chauffeurs routiers deux fois plus grands qu'elle qui foutaient le bordel au Skeeter's.

Karl ne posa pas son arme. Elle garda le Glock pointé sur lui, qui gardait le sien pointé sur moi. Je restai immobile comme une pierre en m'efforçant de ne pas me pisser dessus. La furie suivait toute la scène de sa cellule, ses grands yeux bruns écarquillés.

— J'attends, Karl.

Le pistolet d'Amanda était constamment resté pointé sur lui.

— OK, mais tu poses ton pistolet aussi, et on pourra parler.

— Ce n'est pas comme ça que ça marche, tu le sais, Karl, dit-elle.

— C'est du bluff.

— Karl.

La voix d'Amanda était calme, à peine plus forte qu'un murmure.

— Je vais te laisser trois secondes pour lâcher ton arme.

Trois secondes s'écoulèrent sans que personne ne bouge.

Bang.

Le coup de feu me fit presque me chier dessus.

Karl lâcha son arme et tomba la tête en avant sur le sol, où il se tortilla en lançant une bordée de jurons.

— Sale pute. Oh, putain de merde ! Tu m'as tiré dans le cul, espèce de salope. Bon Dieu, j'ai mal.

— Reste par terre, Karl. Toby, prends son pistolet.

Je le récupérai.

— Oh, saloperie de grosse pute…

Karl serrait les poings et gémissait entre deux bordées de jurons, fermant les yeux pour supporter sa douleur au cul.

Amanda s'avança d'un pas, me jeta un coup d'œil.

— J'ai eu ton message, mais quand j'ai essayé d'appeler, le téléphone était hors service. Je ne pensais pas tirer sur quelqu'un aujourd'hui.

— Il y a des nuits comme ça.

— Karl, dit-elle, je vais te prendre par un bras et Toby va te prendre l'autre, et on va te tirer aussi doucement que possible dans la cellule, OK ? Après, on ira chercher Doc Gordon. Si tu nous fais la moindre difficulté, je t'en colle une autre. Compris ?

Karl hocha la tête. Tout son visage grimaçait et suait.

On le traîna dans la cellule vacante, on le déposa sur le lit et on le boucla.

— Toby, mets cette chaise contre le mur là-bas et assieds-toi.

Je lui obéis.

Elle referma une menotte sur mon poignet, fixa l'autre au radiateur.

— Oh, allez…

— Je n'ai pas le temps d'écouter ton histoire tout de suite, Toby. Désolée. Je ne peux pas prendre de risques. On verra quand je reviendrai avec le doc.

— Super.

Elle désigna du pouce, par-dessus son épaule, la furie mexicaine.

— Tu pourras commencer par m'expliquer ce que c'est que ça.

14

Doc Gordon s'affairait sur les fesses de Karl dans la cellule. Je l'entendis demander à Karl de rester tranquille, mais il geignait et rouspétait chaque fois que le doc le touchait. Amanda posa une jambe sur le bord du bureau et me lança son regard inflexible de flic.

Je ne pourrais jamais lancer un regard pareil, réalisai-je. Je ne réussirais jamais à faire carrière comme flic car je serais incapable d'afficher une telle expression. Je connaissais Amanda, et je l'appréciais autrement plus que Karl ou Billy. Elle me traitait plus ou moins comme un collègue, et pas comme un garçon de courses à mi-temps. Mais là, à cet instant, elle me regardait comme un insecte d'une espèce curieuse sous un microscope. Elle avait déjà été flic dans l'est de l'Oklahoma. À Claremore, je crois. Elle avait dit vouloir vivre dans un endroit plus sauvage, pour faire des trucs de plein air comme de la randonnée et de l'escalade. Elle était donc à Coyote Crossing depuis moins d'un an.

De toute manière, je savais que je ne pourrais pas mentir à ce regard de flic. D'ailleurs, j'avais besoin de tout déballer à quelqu'un, de me libérer de ce fardeau. Alors je racontai l'histoire depuis le début, avec la perte du corps de Luke Jordan.

Elle n'eut pas l'air surprise d'apprendre ma liaison avec Molly — je m'étais dit que le secret ne s'imposait plus vraiment, puisque de toute façon Doris m'avait quitté. Je lui parlai du camion plein de Mexicains, de la hache que j'avais enfoncée dans la nuque de Billy et de ma Nova sur le capot. Je lui parlai du semi-remorque de Roy et du trou que j'avais fait dans le motel Mona Lisa. Je lui parlai de mon fils.

À la fin, je me sentis vidé, et je fichai une cigarette entre mes lèvres.

— C'est interdit de fumer à l'intérieur du poste, dit Amanda.

Mon regard devait être d'une infinie tristesse car elle roula des yeux et dit :

— Bon, vas-y.

Je la remerciai d'un faible sourire et j'allumai ma clope.

— Où est le chef ?

Je me rembrunis.

— J'ai un mauvais pressentiment... je crois qu'il est mort.

— Qu'est-ce qui te fait croire ça ?

— Il est parti chez les Jordan et plus personne n'a eu de ses nouvelles depuis.

— Tu penses que les Jordan sont impliqués dans le trafic ?

J'acquiesçai en soufflant la fumée.

Doc Gordon apparut derrière nous et se racla la gorge pour attirer notre attention. Il portait un maillot de corps et un pantalon de pyjama, une blouse de docteur noire à la main. Le pantalon de pyjama était vert, couvert de petits poissons. Il était voûté, la cinquantaine bien avancée, avec les cheveux tout blancs. Des lunettes rondes aux verres épais. Il avait l'air d'un homme qui a envie d'aller se recoucher.

— Comment va-t-il ? demanda Amanda.

— Je l'ai désinfecté, dit Gordon. Et je lui ai fait une piqûre contre la douleur, pour qu'il dorme. Il ne saigne plus. Je lui ai mis un bandage. Il faudra l'emmener à l'hôpital du comté, pour lui extraire la balle, mais pour le moment ça ira.

— Merci, doc. Envoyez la facture au conseil municipal, comme d'habitude, d'accord ?

— Eux ? Ils ne sont jamais pressés de régler les factures. Mais bon, j'imagine que ça n'urge pas. Que s'est-il passé ?

— L'enquête est en cours.

Le doc fit un geste de la main, comme pour chasser une mouche.

— Je vois. Très bien alors. Je repasserai dans la matinée pour changer ses pansements.

Il partit en ronchonnant, mais c'était juste sa manière habituelle.

Je regardai Amanda.

— Et maintenant ?

— Maintenant, on appelle du renfort. Il faut qu'on retrouve les frères Jordan et le chef, et on a une chiée de clandestins dispersés dans tout le comté.

Elle décrocha le téléphone.

— Ça ne marchera pas, dis-je.

Elle porta le récepteur à son oreille, fronça les sourcils.

— Je croyais que c'était juste ma ligne.

— Non. Je pensais plutôt à la boîte de dérivation.

— Tu crois que quelque chose l'a mise en panne ?

— Ou quelqu'un.

— Merde. Cet endroit a vraiment besoin d'une antenne relais pour les portables.

Elle m'enleva les menottes.

— Je vais te parler franchement, Toby. Tu vas sans doute

t'en sortir pour Billy. C'était de la légitime défense. Je ne sais pas ce qu'ils diront pour tous les autres trucs. On n'a pas le droit de libérer un tas de clandestins dans une ville, et on a encore moins le droit de défoncer un motel avec un camion. Mais, dans l'immédiat, j'ai besoin que tu restes ici pour surveiller ces deux-là. Je vais vérifier la boîte de dérivation. Reste près de la radio, OK? Je prends la voiture de patrouille deux.

Elle me tendit le Glock de Karl.

— Tu ne bouges pas de là et tu évites les ennuis.

— D'accord.

— Où est la boîte de dérivation?

— En face de la station de retraitement des eaux usées, de l'autre côté de la rue. Ils ont regroupé tous les services de la ville là-bas.

Elle s'arrêta dans l'encadrement de la porte et me lança une nouvelle fois son regard de flic.

— Tu restes ici, hein.

— Je ne ferai rien de plus risqué que finir cette cigarette.

Et elle disparut.

Je restai assis là et fumai la cigarette jusqu'au bout, puis laissai tomber le mégot dans le mug de Billy. Le mégot siffla en s'éteignant dans le fond de café froid. J'entendais Karl ronfler doucement dans sa cellule.

— Cow-boy, susurra la furie dans sa cellule. Parle-moi.

Je m'enfonçai dans le fauteuil, posai les pieds sur le bureau.

— De quoi?

— Qu'est-ce qu'il faudrait pour me sortir de cette cellule?

— Un bâton de dynamite.

— Regarde-moi, cow-boy.

Je regardai.

Du pouce et de l'index, elle releva le bord de sa robe au-dessus des genoux, dévoilant un avant-goût de ses cuisses.

— Une fille comme moi peut te faire des trucs spéciaux, vivre des sensations que tu n'as jamais connues.

— Ne sois pas ridicule.

— De l'argent, alors. Je peux t'en donner plus que tu n'en gagneras en dix ans avec ta paie de flic.

— Et si tu la bouclais cinq minutes?

Étonnamment, elle se tut.

Je laissai mon menton se poser sur mon torse, fermai les yeux. J'aurais sans doute pu dormir une semaine d'affilée. Je sentis la fatigue me tirer doucement vers une longue chute dans le noir.

J'étais sur scène, dans un bouge. L'endroit me paraissait familier, un boui-boui avec de la sciure sur le plancher au sud de Lubbock. J'accompagnais à la guitare une chanson que je ne reconnaissais pas, en essayant de suivre les accords, mais mes doigts n'arrivaient pas à tenir les cordes. Les cordes me coupaient, et je retirais ma main. En essuyant le sang sur ma chemise, je m'apercevais que je portais la chemise kaki d'adjoint du shérif. J'avais étalé du sang sur l'étoile, et en tentant de la nettoyer j'en étalais encore plus.

Le batteur me criait: «Continue à jouer!» Je le regardais. Le batteur, c'était Billy, le sang s'écoulant sur son visage du gros trou sur son front. Je tentais de descendre de scène, mais la foule des spectateurs n'arrêtait pas de me repousser.

J'entendais une femme m'appeler par mon nom. La voix me semblait familière mais étouffée. Je parcourais le public du regard mais ne la voyais pas. Aucun moyen de sortir de scène. Je sentais pourtant qu'il était urgent de descendre, la foule me fixait des yeux, ma guitare inutile dans les mains.

— Toby !

Je continuai à chercher d'où venait la voix qui m'appelait.

— Toby !

J'ouvris…

… les yeux.

— Toby !

La voix d'Amanda braillait dans la radio.

Je m'éclaircis les idées et me saisis du micro.

— Je suis là.

— Écoute, quelqu'un a fait sa fête à la boîte de dérivation. On dirait qu'ils ont arraché la moitié des fils.

— Qu'est-ce que tu vas faire ?

— La police d'État est à une heure de route, dit Amanda. Je vais foncer jusqu'au Texaco et leur passer un coup de fil, après je reviens tout de suite. Tu peux tenir le fort jusque-là ?

— Pas de problème. Sois prudente.

— À tout à l'heure. *Over.*

Amanda était optimiste. Le trajet depuis la caserne de la police à Morrisonville était d'une heure, mais elle devrait d'abord expliquer par téléphone ce dont elle avait besoin. Puis ils tergiverseraient et refileraient tous le bébé à leur supérieur. Et il fallait déjà qu'Amanda trouve un téléphone qui marche à la station-service.

Je pariais plutôt sur deux bonnes heures. Si on avait de la chance.

Après le rêve bizarre, la perspective de me rendormir ne me tentait soudain plus. Je pris le Glock de Karl, mon propre .38 et l'automatique de la Mexicaine et les alignai sur le bureau, en les classant par ordre de grandeur. J'allai dans la pièce du fond chercher le nécessaire de nettoyage et je me mis au travail sur les armes. Je commençai par la mienne. Celle de Karl était nickel. Le petit automatique était si merdique qu'il ne valait pas la peine qu'on le nettoie, mais je m'y attelai quand même.

Je rechargeai le .38, le rangeai dans mon holster.

Si je n'avais pas été aussi fatigué, les coups frappés à la porte auraient pu me faire sursauter. Dans mon état, je me tournai juste paresseusement vers la porte d'entrée et plissai les yeux, en me demandant qui ça pouvait bien être à cette heure de la nuit, espérant que ce ne soit pas encore une putain d'urgence.

Mince, c'était un poste de police après tout. Il s'agissait peut-être même d'une urgence justifiée.

— Entrez, criai-je.

Wayne Dobbs passa la tête par l'entrebâillement de la porte, en ôtant son chapeau. Il semblait gêné de mettre les pieds dans un poste de police.

— Entre, Wayne. N'aie pas peur.

Il cntra.

— J'ai essayé d'appeler, mais mon téléphone déconnait.

— C'est un peu le cas pour tout le monde ici.

— La foudre est encore tombée sur la boîte de dérivation ?

— Un truc dans le genre. On est en train de vérifier. Qu'est-ce que je peux faire pour toi ?

— J'étais sur la route pour aller préparer le petit déj' quand j'ai vu des vagabonds juste devant le Tropicana. J'ai pensé qu'il fallait vous mettre au courant.

Le Tropicana était le drive-in désaffecté à l'est de la ville, environ trois kilomètres après le Mona Lisa. J'eus du mal à mobiliser mon sens du devoir civique au sujet des vagabonds.

— Je vais le signaler, assurai-je à Wayne.

— C'est qu'ils sont toute une bande, et qu'ils ont fait un

grand feu de camp. Un feu de cette taille pourrait échapper à leur contrôle.

— Mais comment ça se fait que tu allais préparer le petit déjeuner ? C'est pourtant toi qui as fait la fermeture du Skeeter's cette nuit, non ?

Wayne fronça les sourcils.

— Mon employé du matin m'a fait faux bond.

— Désolé de l'apprendre. Ça te fait encore plus de boulot.

— C'est le métier. Écoute, une dernière chose. Certains des frères Jordan se baladent en pick-up, ils sont armés et ils ont l'air plutôt remontés au sujet de Luke. Je ne sais pas ce qu'ils vont faire. J'ai pensé qu'il valait mieux vous prévenir.

— Tu leur as dit que c'était moi qui gardais le corps de Luke ?

— Ouais. Je leur ai dit ce que je savais sur toute l'affaire.

Bon Dieu.

— Sacré nom, c'est elle, juste là ! s'exclama-t-il en désignant la Mexicaine dans la cellule. C'est cette nénette qui discutait avec Luke juste avant qu'il se fasse tuer.

— Wayne, je vais te demander de garder le secret là-dessus.

Son visage se plissa d'étonnement.

— Comment ça ?

— Ben, on préférerait éviter d'avoir un lynchage sur les bras.

— Oh, je pige. Sûr, motus et bouche cousue.

Il cogita quelques instants.

— Dis, écoute, j'espère que je ne vous ai pas causé de problème en parlant aux Jordan.

— C'est bon. Wayne, tu as revu le shérif Krueger ?

— Pas depuis qu'on était tous ensemble à la fermeture. Pourquoi ?

— Comme ça. J'avais juste un truc à voir avec lui.

— Bon, je ferais mieux de retourner au restaurant, dit Wayne. J'ai ma première vague de routiers et de fermiers qui va débarquer en réclamant le truc habituel, et si un autre de mes gars me lâche je ne sais pas comment je vais m'en sortir.

— OK alors. Je préviendrai le chef pour les vagabonds.

Il me salua d'un signe des deux doigts et s'éclipsa.

Quand ils me retireraient mon étoile, je pourrais peut-être aller bosser pour Wayne. Il semblait avoir le plus grand mal à garder ses employés. Je me doutais bien que la paie ne devait pas être folichonne, mais il y avait des boulots plus durs que préparer des œufs brouillés et retourner des pancakes. Ou peut-être que je pourrais travailler de nuit, servir des bières et tout ça.

Petit déjeuner. L'idée des œufs brouillés, d'une épaisse tranche de jambon et d'une tasse de café chaud me fit monter les larmes aux yeux. Et de pommes de terre sautées.

J'oubliai le petit déjeuner pour concentrer mes pensées sur Luke. L'hypothèse que cette graine d'abruti et crapule notoire de Luke Jordan se soit retrouvé au mauvais endroit et au mauvais moment par pur hasard n'était pas crédible. S'il n'était pas impliqué dans ce trafic de clandestins, moi j'étais trafiquant de drogue.

— La furie. Hé, la furie. Tu es réveillée ?

— Pourquoi tu m'appelles comme ça ? demanda la Mexicaine.

— Tu ne veux pas me dire ton nom.

— Non.

— OK alors. Luke Jordan, c'était qui pour toi ?

— Personne.

— C'était quoi, son rôle ? Il avait les clés du camion.

— Laisse-moi tranquille, dit-elle. Je suis fatiguée.

— Fatiguée, c'est ça. C'était ton complice ? Les Jordan sont dans le coup, non ?

— Retourne te branler, cow-boy.

Merde.

Je soupirai, me levai et quittai le bureau. Je glissai le Glock de Karl dans ma ceinture au creux du dos et fourrai le petit automatique dans la poche avant de mon jean. Je me dirigeai vers la porte d'entrée.

— Où tu vas ? demanda la furie.

— Dehors.

Je verrouillai la porte derrière moi et scrutai Main Street. Calme comme un tombeau.

Je grimpai dans le semi-remorque de Roy, tentai de le démarrer, mais rien à faire. J'imagine qu'on ne pouvait pas faire du stock-car avec ces engins sans qu'ils finissent par lâcher. J'ouvris la dernière boisson énergisante et la bus chaude. Elle faillit revenir en sens inverse. C'était dégueulasse à ce point-là.

Le semi-remorque était mort, et la Nova gisait ventre à l'air. Mais j'avais encore un jeu de clés dans la poche. Au point où j'en étais, je ne voyais pas ce qui m'empêchait d'emprunter un autre véhicule. Je marchai jusqu'au pick-up de Luke Jordan. Il était toujours garé là où son cadavre aurait dû se trouver.

L'intérieur du pick-up de Luke empestait les relents de bière et les dessous de bras. J'allumai le contact et le V-8 vrombit sous le capot. La radio me susurra une vieille chanson country. Je la laissai. La musique semblait aller avec le pick-up.

J'aurais pu me dire que mon rôle dans cette affaire était terminé. J'aurais été plus que satisfait de rester au poste pour garder le fort en laissant Amanda rameuter la cavalerie. Mais cela me chiffonnait de laisser les frères Jordan parcourir les rues à la recherche de quelqu'un à farcir de plomb, et j'avais dans l'idée qu'ils s'arrêteraient au poste de police tôt ou tard. Plus encore que le problème des frères Jordan, une dernière question continuait à me tarauder.

J'embrayai et partis pour la maison du chef Krueger.

15

Le pick-up Chevy de Luke Jordan roula dans un bruit de ferraille sur la 6 en direction du nord, longea les rues résidentielles, l'espace entre les maisons s'élargissant de plus en plus jusqu'à ce que je me retrouve plongé dans la nuit noire de l'Oklahoma.

Le nord de la ville n'était pas aussi désert que le sud, quand on prenait la 6 vers la station Texaco et l'autoroute. Çà et là, on voyait briller des points lumineux, signalant la présence de ranches et de fermes. Des mobile homes double largeur sur des terrains de vingt hectares. Le sol était plus riche dans cette direction, des parcelles éparses de céréales, de la bonne herbe pour le bétail. L'endroit où vivaient autrefois mes parents se trouvait à quinze kilomètres au nord de la ville. Parfois, quand je passais devant, un pincement de regret me serrait le cœur, mais je ne passais pas par là si souvent.

La maison de Krueger n'était qu'à quelques kilomètres. Une jolie maison de pierre de deux étages, avec un garage et une étable vide. Il ne voulait pas d'animaux. Le chef était un homme solitaire, jamais marié, sans enfant. Je n'avais été chez lui qu'une seule fois, quand il avait invité tout le département et les familles à un barbecue le 4 juillet. Côtelettes, salade de patates et Coors light. Le chef Krueger était amical et accueillant en dehors du service. Pas comme au travail, où il était boulot-boulot et raide comme un rivet de chemin de fer.

Ma première semaine, le chef m'avait baladé avec lui en patrouille de nuit, pour m'enseigner les ficelles du job. On avait croisé deux mecs bourrés qui sortaient du Skeeter's juste avant la fermeture, des étudiants en virée, avec sweat-shirts et casquettes de l'Arkansas. Ils s'étaient peut-être dit que ce serait une expérience cool pour leur blog de traîner un peu dans un bled de péquenauds. Quoi qu'il en soit, le chef leur avait donné un avertissement, amical mais ferme, du genre ils feraient peut-être bien de boire quelques cafés avant de reprendre le volant.

Le plus bourré des deux l'avait ramenée, disant qu'il n'avait pas besoin qu'un gros poulet de l'Oklahoma vienne lui dire quand il devait s'arrêter de boire, et il s'était mis à balancer des vannes sur les shérifs obèses, comme si le chef sortait tout droit de *Cours après moi, shérif*.

Imaginez un volcan sur le point d'entrer en éruption, le sol tremblant sous vos pieds juste avant la grande explosion.

On ne croirait pas qu'un homme si gros puisse bouger si vite. Le chef avait sorti sa matraque et frappé le genou du vaurien d'un seul mouvement. Son pote avait juste eu le temps d'ouvrir la bouche, incrédule, que Krueger lui avait déjà enfoncé la matraque dans le plexus. Le type s'était plié en deux, la respiration coupée. On les avait entassés à l'arrière de la voiture de patrouille et ils avaient passé le reste de la nuit en cellule. Le lendemain matin, le chef les avait escortés jusqu'à la sortie de la ville et leur avait dit de ne plus revenir.

Le chef Krueger réglait un tas de problèmes sans déranger

un juge ou le système pénal. Et ça marchait. Coyote Crossing était une ville paisible.

Ce soir, les choses avaient mal tourné.

Et si le chef n'était pas dans le coin pour reprendre la situation en main, c'était que quelque chose de grave avait dû arriver. J'espérais éclaircir une partie de ce mystère. Je lui devais au moins ça.

Je tournai dans le chemin de terre et passai devant la boîte aux lettres du chef. La maison était à environ deux cents mètres. Pas de lumière, pas de voiture devant, mais peut-être dans le garage. La lampe de la véranda était éteinte. Je descendis du pick-up de Luke et m'approchai de la maison prudemment. Après la nuit que j'avais passée, je n'avais pas de mal à imaginer des silhouettes sombres en train de se dissimuler dans l'obscurité. Préférant éviter les mauvaises surprises, je scrutai les environs avant de grimper les marches de la véranda et de frapper à la porte d'entrée. Pas de réponse; je frappai un peu plus fort. J'hésitai à repartir… Bon, je ne m'étais pas déplacé jusqu'ici pour me contenter de frapper à la porte.

Je tournai la poignée, mais elle était verrouillée. Je mis les mains en coupe contre une fenêtre et regardai à l'intérieur. Tout était éteint dans la maison. Je fis le tour jusqu'à l'arrière en empruntant un porche latéral protégé par une moustiquaire. Il y avait un large patio, une table et des chaises avec un parasol, un impressionnant gril à propane. C'était là qu'on avait fait le barbecue. Le souvenir des côtelettes fit gargouiller mon estomac. Et celui de la salade de patates.

La porte de derrière aussi était fermée à clé.

Je restai là trente secondes à me demander si je prenais la bonne décision, puis je donnai un coup de coude à travers un carreau de la porte. Le tintement des éclats de verre brisé sur le sol résonna beaucoup trop fort à mon goût. Je glissai la main à l'intérieur, en prenant garde de ne pas me couper, déverrouillai la porte et pénétrai dans la cuisine. J'allumai la lumière.

La cuisine semblait tout droit sortie des années cinquante, avec ses vieux placards, son antique cuisinière à gaz, ses casseroles et ses poêles en cuivre pendues au-dessus d'un meuble surmonté d'une planche à découper qui avait bien vécu. Il y régnait une légère odeur de désinfectant. Pas de micro-ondes, rien qui ait l'éclat du neuf. Une cafetière à pression était posée sur le plan de travail près de la cuisinière. Je l'identifiai seulement parce que ma grand-mère en avait une. Quelqu'un devrait offrir une nouvelle machine à café au chef pour son anniversaire. Je posai la main sur la cafetière et la cuisinière. Froides, toutes les deux.

Je traversai la cuisine et la salle à manger jusqu'au salon, en allumant les pièces au passage.

— Chef? Vous êtes là?

J'avais traversé trop de choses cette nuit pour me faire buter bêtement par le calibre douze du chef, qui m'aurait pris pour un cambrioleur. J'étais prêt à me jeter au sol à la moindre alerte.

L'intérieur de Krueger faisait penser à une sorte de pavillon de chasse. Une cheminée en pierre massive, des divans de cuir noir, des têtes de cerfs empaillées sur les murs lambrissés de cèdre. Un tableau sombre sur un mur, représentant des montagnes et des arbres feuillus. Pas de doute, on était bien chez un célibataire. J'avançai jusqu'à la cheminée, examinai les photographies alignées sur le manteau, mais je ne reconnus personne. Je restai là un moment à scruter les photos lorsque je pris conscience de la chaleur sur mes tibias.

Je m'agenouillai et vis les cendres toutes récentes dans le foyer. Au coin, des bouts de papier roussis. Quelqu'un avait brûlé quelque chose ici peu de temps avant.

Hmm.

Je retournai dans la cuisine et ouvris le réfrigérateur du chef. Pratiquement vide, mais il y avait une canette de Pepsi que j'attrapai, que j'ouvris et que je bus. Les cuisses de poulet que j'avais piquées dans la cuisine de Roy, j'avais l'impression de les avoir mangées l'année dernière, mais le chef n'avait vraiment pas grand-chose, alors je fermai le frigo et restai là à siroter mon soda.

Le chef était une sorte de maniaque de la propreté : si la cuisine n'avait pas été aussi immaculée, je n'aurais sans doute pas remarqué les petites taches noires sur le carrelage. Je m'agenouillai, les regardai de plus près sans y toucher. Une tache rouge foncé de la taille d'une pièce d'un dollar. Suivaient trois taches plus petites, de la taille d'une pièce de dix cents, qui se poursuivaient en de minuscules gouttelettes. La piste menait à une porte. Je me représentai l'avant de la maison, la position de la cuisine. *Le garage.* J'ouvris la porte sur l'obscurité fraîche.

Je tâtonnai à la recherche d'un interrupteur, mais n'en trouvai pas. Je pris le briquet dans ma poche et l'allumai, me guidant à sa faible lueur pour avancer dans le garage. Pas de voiture. Des formes sombres se découpaient contre le mur opposé, comme un établi et des boîtes à outils. Un mélange d'odeurs de moisi, d'engrais et de graisse.

J'eus l'impression qu'une toile d'araignée me frôlait, je tressaillis, reculai et levai le briquet. C'était la cordelette d'une lampe. Je la tirai et la lumière s'alluma.

J'aperçus aussitôt le corps et, avant que mes yeux s'accoutument, je crus qu'il s'agissait de Krueger. Quelqu'un se serait introduit dans la maison du chef et l'aurait tué. Mais j'y vis mieux un bref instant plus tard.

Luke Jordan était assis, son corps émergeant à moitié d'un sac mortuaire, affalé dans un vieux sofa marron rafistolé ici et là avec du ruban adhésif. Un de ses bras pendait au sol, et la piste de gouttelettes provenait du sang s'écoulant d'un de ses doigts. Je m'approchai et l'examinai. Son visage affichait toujours la même expression cireuse. Ses vêtements paraissaient froissés, les poches de son jean avaient été retournées.

Regardant ses yeux morts et vides, je n'avais plus grand-chose contre Luke Jordan en cet instant. Je pouvais difficilement garder rancune à un macchabée. J'oubliai qu'il s'était conduit comme un gros abruti au lycée. Qu'il avait été une brute tyrannique. Que trop de filles étaient tombées sous le charme du caïd cool et dangereux. J'oubliai tout ça. Là, il était juste un de ces hommes morts avant l'âge.

Un objet attira mon attention sur l'établi. Le chapeau du chef. Je le ramassai. Une tache de sang écarlate sur le rebord. *Bon Dieu.* Que lui était-il arrivé ? Un frisson glacé me parcourut l'échine, tandis que je restais là à regarder le sang sur le chapeau du chef.

Je ressortis du garage, laissant derrière moi Jordan et le chapeau ensanglanté.

Je commençai à penser que je ne trouverais pas le chef. Je montai à l'étage pour en avoir le cœur net. Dans la chambre principale, les tiroirs étaient entrouverts, des vêtements répandus sur le plancher. J'inspectai les deux autres chambres. L'une avait été convertie en bureau, et les tiroirs du chef étaient ouverts. J'y jetai un coup d'œil. Vides.

Je me grattai le menton, cherchant à comprendre ce que tout ça signifiait, à me représenter la scène en esprit.

C'est alors que les lumières s'éteignirent.

Paniqué, je tournai sur moi-même deux secondes, me cognai contre une chaise.

OK. Du calme.

Je me frayai un chemin à tâtons jusqu'au couloir au cas où ce serait l'ampoule du bureau qui avait grillé. Je trouvai l'interrupteur, l'allumai et l'éteignis une demi-douzaine de fois. Pas de lumière.

Toujours en tâtonnant, je retournai dans la chambre principale. Une lueur orangée tremblotante dansait devant les vitres. Je me ruai à la fenêtre, regardai en bas.

Des flammes léchaient le côté de la maison.

Je me précipitai à nouveau dans le bureau, me cognant le tibia au passage dans l'obscurité. Je grognai, fis le reste du trajet en sautillant. Une fois dans le bureau, je vis le halo orangé avant même d'arriver à la fenêtre. Les flammes étaient là aussi.

Je descendis au rez-de-chaussée aussi vite que possible dans le noir total. Le salon était illuminé par la lueur infernale de l'incendie qui dansait devant les fenêtres de façade. J'ouvris la porte d'entrée et la chaleur des flammes me heurta de plein fouet, m'obligeant à reculer, les sourcils cramés. Sous la véranda, les bancs et les chaises en bois du chef avaient été entassés contre la porte, la pile s'était transformée en un véritable brasier. Je me protégeai le visage derrière les mains, avec l'impression d'être cuit, les yeux séchés d'un coup, la gorge parcheminée.

Partout, de la fumée.

Je remontai l'escalier, fermant les yeux pour les protéger de la chaleur cuisante. Un brasier orangé rageur éclairait toutes les fenêtres.

Je me ruai dans la salle de bains de l'étage. La fenêtre donnait sur la façade de la maison. Je l'ouvris en grand et défonçai du poing la moustiquaire. Je jetai un coup d'œil en bas, vis que le feu n'avait pas encore fait s'écrouler le toit de la véranda. Mais si les flammes l'avaient rongé par-dessous, j'allais passer à travers et brûler vif. Je priai pour qu'il soit encore solide.

Je grimpai sur la fenêtre, m'accrochai le pied au rebord et, déséquilibré, tombai de l'autre côté. Je rebondis sur le toit de la véranda. Je tentai de m'agripper, ne pus qu'arracher un clou et roulai au bas du toit. Une fournaise orange envahit mon champ de vision lorsque je me retrouvai dans le vide, balayé par un tsunami de chaleur. Quand je heurtai le sol, le choc me coupa le souffle. Je roulai sur moi-même pour m'éloigner de la chaleur, du sable sur le visage et dans les yeux. Je me mis à quatre pattes, tentai de respirer entre deux quintes de toux. J'avais les yeux et le nez qui coulaient. Un goût infernal dans la bouche.

La maison s'effondra presque d'un seul coup. Je me redressai, les jambes flageolantes, et contemplai le spectacle. Si j'avais hésité, attendu juste un petit peu plus avant de m'échapper…

Je titubai jusqu'à l'étable, trouvai un robinet. Je le fis couler dans ma paume et j'avalai l'eau tiède, une gorgée à la fois, puis me rinçai le visage et la nuque. Même à cette distance de la maison, la chaleur de l'incendie était presque insupportable. Le pick-up de Luke Jordan était garé trop près. Le capot noircissait déjà sous l'effet des flammes. Impossible de m'en approcher.

Je me retrouvais en rade, une fois de plus, et le trajet à pied jusqu'en ville était bien trop long.

Mais peut-être y avait-il une autre solution que retourner en ville. Je n'avais pas encore dit mon dernier mot. Je remontai en clopinant le chemin de terre en direction de la 6, tout en me massant les côtes pour tenter d'atténuer la douleur. Plus tard, quand cette nuit d'enfer aurait pris fin, il faudrait vraiment que j'aille voir un docteur, pour m'assurer que je n'avais rien de cassé. Seules ma volonté et mon obstination bornée me maintenaient debout.

Quand j'arrivai sur la 6, je pris la direction du nord et me mis à trottiner vers la maison de Luke Jordan.

16

Après dix minutes à ce rythme, je dus m'arrêter, à cause de cette cuisante douleur au côté, comme une fourchette brûlante enfoncée dans ma chair. Je marchais en me tenant les côtes, haletant, ma chemise collée par la sueur.

Je fis une pause, me retournai vers la maison du chef : les flammes étaient visibles à des kilomètres à la ronde. Je me rappelai que les téléphones étaient coupés. Personne ne pourrait donner l'alerte. Par chance, il n'y avait pas d'autre habitation à proximité. L'incendie ne se propagerait pas.

Lorsque je finis, à bout de forces, par atteindre le portail du ranch des Jordan, j'en étais réduit à clopiner. Mon corps me criait de m'allonger n'importe où, même au beau milieu de la route, et de m'endormir. Je poussai le portail, dont les gonds rouillés gémirent. J'empruntai le chemin de terre qui menait au domicile des Jordan. C'était une bâtisse de brique tout en longueur, flanquée d'une allée de gravier circulaire, avec des arbustes piteux, mal entretenus, sous les fenêtres en façade. Une centaine de mètres plus loin, il y avait une grange et des remises.

Quelque part au loin, un troupeau de vaches efflanquées et neurasthéniques broutait l'herbe sèche, maintenant l'illusion que les Jordan étaient des éleveurs de bétail et pas une bande de crapules *rednecks*, impliqués dans toutes les magouilles louches qui passaient à leur portée.

C'est vrai qu'au lycée je n'aimais pas Luke, je gardais mes distances ; mais ce dont je me souviens le plus, adolescent, ce sont les histoires sur ses grands frères, qui resurgissaient régulièrement, qu'on se chuchotait avec excitation. C'étaient eux les gros durs, les brutes, les vauriens de la ville. Quand on les voyait approcher dans la rue, on changeait de trottoir. Tout le monde savait qu'ils avaient trempé dans des sales coups, pourtant, d'une manière ou d'une autre, ils se débrouillaient toujours pour s'en tirer, acquittés sur un détail de procédure, quand ce n'était pas un témoin oculaire qui, une fois au tribunal, revenait sur sa déposition. Seul l'aîné, Brett, avait fini derrière les barreaux. Ils ne pouvaient pas gagner chaque fois. Brett était donc considéré comme le grand criminel, mais c'était Jason, plus que n'importe quel autre frère, qui m'avait fait éviter les Jordan.

Une anecdote sur Jason, dont je me souviendrais toujours :

J'avais seize ans, j'étais assis dans l'Aries K de ma mère, juste devant le Tastee-Freezie, avec Tiffany Davies à côté de moi sur le siège passager, occupée à lécher son cône glacé au chocolat comme si elle était amoureuse de lui. L'unique chose qui m'occupait l'esprit, c'était comment lui enlever son pantalon. J'y avais travaillé d'arrache-pied, la sortant trois samedis soir d'affilée, pour des séances de pelotage et de frotti-frotta, et j'avais imaginé que ce soir je tirerais enfin mon coup. J'avais une capote dans la poche, qui avait imprimé sa marque circulaire sur le cuir de mon portefeuille.

Jason arriva dans un vrombissement d'enfer, sur une Harley Davidson noire — veste en jean, bottes de motard, lunettes de soleil panoramiques, pas de casque, ses cheveux d'un blond lavasse attachés avec un bandana bleu. Il descendit de moto et grimpa d'un bond sur la voiture juste à côté de la mienne, une El Camino blanche. Il donna un grand coup de pied sur le capot, sauta à terre côté conducteur, ouvrit la portière et arracha du volant Mark Foster. Mark avait un an de plus que moi, un type maigre en tee-shirt, jean et Doc Martens éraflées.

Mark n'eut pas le temps de dire un mot. Jason lui avait balancé un coup de poing dans le nez, une traînée de sang rouge vif s'écoulait déjà sur son visage. À partir de là, les choses dégénérèrent.

La portière passager de la El Camino s'ouvrit brusquement, et Missy Shaw en émergea, une chanson de Tracy Chapman s'échappant de l'habitacle. Missy était dans ma classe de biologie. Je la trouvais sexy mais bizarre, alors je ne lui avais jamais vraiment beaucoup parlé.

— Jason, arrête! cria-t-elle d'une voix quasi hystérique.

— Toi, la ferme, lui répondit-il.

Et elle la ferma, se réfugia aussitôt dans la El Camino, les yeux écarquillés de terreur.

Jason maintenait Mark le dos plaqué sur le capot de la voiture, et continuait de lui bousiller méthodiquement la figure.

— Oh mon Dieu, oh mon Dieu…

Juste à côté de moi, Tiffany n'arrêtait plus de gémir.

Missy avait été la copine de Jason. Puis la copine de Mark. Et d'ici une seconde, elle ne serait peut-être plus la copine de personne.

Mark était devenu tout flasque sur le capot, mais Jason le cognait toujours en rythme. Je crus un instant que Mark était déjà mort. J'eus l'impression qu'une éternité passait avant que des gens jaillissent du Tastee-Freeze, un groupe de routiers et de fermiers, et M. Iverson avec son tablier maculé, et s'y mettent à cinq pour agripper Jason.

Quand j'avais neuf ans, mes parents m'avaient emmené dans une réserve d'animaux sauvages. On roulait en restant à l'intérieur de la voiture, il y avait des lions, des zèbres, toutes sortes d'animaux en liberté, et des pancartes à chaque mètre pour rappeler aux visiteurs : RESTEZ DANS VOTRE VOITURE. C'est exactement ce que j'avais ressenti en restant assis là dans l'Aries K, à regarder toute la scène à travers le pare-brise.

Je n'oublierais jamais le regard de Jason, ses yeux si placides, qui brûlaient néanmoins en même temps d'une sorte de feu glacé, un homme ou un animal qui avait signé un pacte avec le diable.

C'est en ces termes que je pensais aux Jordan sur le moment : une famille entière qui avait signé un pacte avec le diable. Le chef m'avait toujours dit que, si on se mettait à voir les gens plus forts qu'ils n'étaient réellement, alors on ne ferait jamais respecter la loi et l'ordre. C'est l'homme avec l'étoile sur la poitrine qui est le plus fort. Je m'efforçai de me rappeler ces paroles en approchant de la maison des Jordan.

Une lumière était allumée à une des fenêtres de façade. Le reste de la maison était plongé dans le noir. Je fis le tour par-derrière en me faufilant sous le couvert de l'ombre. La lumière de l'entrée n'éclairait pas très loin.

Le côté de la maison était encombré de vieilles pièces de moteur, de la carcasse rouillée d'une Pinto, d'un antique réfrigérateur. Je manœuvrai à travers les rebuts, sans être bien sûr de ce que je fichais là, espérant que les réponses se présenteraient d'elles-mêmes sans que j'aie à poser les bonnes questions. Je ne connaissais pas plus les questions que les réponses. La seule chose que je savais, c'était que tout allait de travers, et que tout avait commencé avec la mort de Luke Jordan ; alors peut-être que les Jordan savaient des choses, qui pourraient expliquer ce bordel.

Tant de secrets et tant d'histoires pour une si petite ville. Des kilomètres et des kilomètres de vastes étendues désertes, et pourtant on aurait dit que, chaque putain de journée, les gens n'arrêtaient pas de se marcher sur les pieds. Bon sang, je connaissais aussi l'autre côté de la médaille. En allant de ville en ville, de concert en concert, chaque visage croisé était celui d'un inconnu. Quand j'étais sur la route avec le groupe, je m'étais senti libre, mais je m'étais parfois aussi senti seul.

Impossible de savoir quelle manière de vivre était la pire. Mon esprit n'arrivait pas à se fixer là-dessus.

D'autres détritus se mirent en travers de mon chemin. Je contournai un lave-vaisselle qui avait rendu l'âme, un barillet de bière vide, rongé par la rouille. Je tombai sur une barrière : le portail entrouvert menait dans la cour arrière. Je m'y faufilai, en marchant aussi silencieusement que possible.

Juste de l'autre côté du portail, le doberman me bondit dessus.

Il s'envola, comme une fusée de viande solide d'un noir brillant, une traînée de bave dans son sillage, son aboiement déclenchant un frisson de panique le long de mon échine. Ses mâchoires claquèrent par deux fois, à quelques centimètres de mon visage, et il atterrit juste devant moi, aboyant comme un fou. Je reculai dans un coin, là où la barrière rejoignait l'arrière de la maison, pétrifié. Le chien ne s'approcha pas davantage, et je me rendis compte qu'il était attaché à une corde, enroulée autour d'un arbre, une dizaine de mètres plus loin. Il n'y avait aucun moyen de le contourner sans passer à portée de ses crocs. Il adorait me les montrer, ses crocs, les babines retroussées, ne s'arrêtant plus de grogner.

Ma main se porta à mon revolver, mais je n'eus pas le temps d'ouvrir le holster.

— Lucifer, assis ! fit une voix inconnue en provenance de la maison.

Le chien recula de trois pas et s'assit, grognant toujours sourdement.

Une vieille femme émergea de la porte à moustiquaire, guère plus qu'une silhouette se découpant à la lumière de l'intérieur de la maison. Mais je pus distinguer assez clairement le revolver qu'elle tenait dans sa main, un énorme truc bosselé datant de je ne sais quelle guerre antique. Elle le pointa sur moi. Je préférais toujours ça au chien.

— Qui c'est ?

— Toby Sawyer, m'dame.

Elle plissa les yeux et se pencha pour essayer de me dévisager. Elle avait apparemment des problèmes de vue, mais le revolver était si proche qu'elle n'aurait eu aucun mal à m'en coller une dans le bide, ça c'était sûr.

— Vous êtes un ami de Luke ? Ou de Jason ?

— Pas vraiment, m'dame, dis-je. Mais j'aurais voulu voir vos fils, s'ils sont à la maison.

— Mes petits-fils.

Bon Dieu de merde, mamie Jordan. Quand j'avais onze ans, papa m'avait raconté qu'elle avait tué un Indien. Je me demandais si c'était vrai. Je me demandais aussi si c'était avec le même revolver. J'espérais que, dans vingt ans, les gens ne raconteraient pas l'histoire de la fois où mamie Jordan avait tué un adjoint du shérif à mi-temps.

— Ils sont là, m'dame ?

— Non. Rentrez.

— Ben, s'ils sont pas là, je voudrais pas dérang…

— J'ai dit rentrez.

— OK, m'dame.

J'entrai par la porte à moustiquaire et me retrouvai dans une pièce où régnait une chaleur étouffante ; des piles de livres, de magazines et de journaux s'entassaient autour d'un vieux fauteuil rembourré. L'endroit empestait la bolognaise et le Ben Gay.

Elle me fit signe avec le revolver.

— Avancez.

Je traversai la pièce encombrée pour arriver dans une petite cuisine. Elle posa une seconde tasse avec sa soucoupe sur un plateau d'argent terne, tout en gardant le revolver pointé sur moi de l'autre main. Elle ajouta une théière de céramique sur le plateau. La théière avait de fines craquelures sur le côté, zébrant un motif décoloré de fleurs pourpres. Les tasses et les soucoupes étaient assorties.

Elle désigna le plateau du menton.

— Prenez-le, s'il vous plaît.

Je m'en saisis et la suivis dans la pièce surchauffée remplie de magazines. Elle s'installa dans le fauteuil, me désigna un tabouret presque enterré sous les journaux. Je débarrassai le tabouret et m'y assis, puis déposai le plateau sur une zone dégagée du sol entre nous. Je lui tendis une tasse et pris l'autre.

Je portai les lèvres à mon thé. Tiède. Une vague saveur de menthe, un peu amère après coup. Elle sirota le sien, son autre main tenant d'un air désinvolte le revolver dans son giron. Je jaugeai la vieille femme, tentai d'estimer sa capacité à me trouer la peau avant que j'aie pu bondir et filer par la porte.

La vieille mamie Jordan paraissait plus fragile que sa voix ne le laissait entendre, son visage parcheminé parcouru de rides grisâtres. Ses longs cheveux gris étaient détachés sur ses épaules. Elle avait un œil complètement blanchi par la cataracte, mais l'autre brillait d'un bleu vif, observant tout. Elle portait une vieille robe noire. Des bas de contention. Des chaussures très laides. Quand elle souriait, ses dents étaient si blanches et parfaites qu'elles devaient être fausses, ce qui lui donnait l'air d'un chat du Cheshire dément.

— J'ai vu Meredith James à l'église, dimanche dernier.

Elle avait dit ça comme si je savais de qui elle parlait, comme si nous étions déjà au beau milieu d'une conversation.

— Elle se remet d'une attaque. Elle a soixante-dix ans. Vous savez quel âge j'ai ?

— Non, m'dame.

— Devinez.

Pourquoi les gens âgés aiment-ils tellement ce jeu ?

— Je ne saurais pas dire, m'dame.

— J'ai dit devinez.

— Soixante ?

— Ne me prenez pas pour une idiote, jeune homme. Devinez vraiment.

— Soixante-quinze.

— J'ai quatre-vingt-seize ans.

— C'est incroyable, dis-je.

Ce devait être la bonne réponse, car elle sourit.

— Je me prépare toujours mes repas moi-même. Les garçons prennent bien soin de moi, c'est sûr.

Elle sirota son thé.

— Où sont les garçons, en ce moment, madame Jordan ?

Elle inclina la tête, me lança un long regard avec son œil valide.

— Vous êtes un homme de Krueger ?

— Oui, m'dame.

Elle fit *hmphh*, comme si elle n'en pensait pas moins, de moi ou du chef.

— Vous avez l'air d'avoir été traîné sur dix kilomètres de route cabossée. Et vous ne sentez pas très bon, non plus.

— La nuit a été longue.

— Je ne dors jamais la nuit, depuis des lustres.

Elle sirota de nouveau son thé, à toutes petites gorgées, comme si elle aimait plus que tout accomplir les gestes.

— À mon âge, soit on dort tout le temps, soit on ne dort jamais. Moi, c'est jamais. Alors je suis réveillée toute la nuit, mais je n'ai pas souvent de visites.

— Je suis ravi de passer un petit moment avec vous, madame Jordan.

Je bus une gorgée de thé pour montrer que je le pensais.

— Pourriez-vous me dire où sont partis Jason et les autres ?

— Krueger et vous, vous devez laisser les garçons tranquilles. Par ici, on est de bons chrétiens blancs. N'importe quel Indien imbibé de whisky est plus respecté que nous, il touche l'argent du gouvernement, l'argent des tribus. N'importe quel fils de pute dans cet État qui peut prouver que son aïeule s'est fait engrosser par un Peau-Rouge a droit à une carte avec toutes les aides. Maintenant, ils changent même les noms des écoles pour ne pas offenser les Indiens. Et mes propres garçons ne peuvent pas faire un ou deux extra pour joindre les deux bouts sans que vous tous, vous nous harceliez.

— Je sais ce que c'est d'être pauvre, m'dame.

— Peut-être, dit-elle. Mais vous et moi, on n'a pas le droit d'ouvrir un casino, pas vrai ?

— Je ne connais rien à tout ça. Je m'inquiète juste de gens qui pourraient être blessés. C'est mon boulot d'aider à protéger les gens.

— On protège les nôtres. Vous voulez une biscotte ?

— Non merci, m'dame.

— Attendez une minute.

Elle se leva tant bien que mal, se dandina jusqu'à une étagère et en rapporta un album de photographies. Il était en cuir noir, l'air usé et très ancien. Elle l'ouvrit à la première page et le posa sur mes genoux avant de retourner s'affaler dans le fauteuil avec un petit grognement.

Je regardai la première photo, un cliché en noir et blanc, treize sur dix-huit, sur papier rigide. Sur la page de l'album, en dessous de la photo, quelqu'un avait écrit *Antonia* au crayon gras. Une petite fille d'une dizaine d'années, vêtue d'une robe genre *Petite Maison dans la prairie*, s'enfuyait dans un champ d'herbes hautes ; on distinguait à l'arrière-plan, de biais, une cabane en rondins, et un moulin à vent légèrement flou dans le lointain, sous un ciel d'un gris uniforme.

Tout en courant, la petite fille regardait par-dessus son épaule, le visage éclairé d'une joie pure, les yeux arrondis comme si elle jouait à échapper à un membre de sa famille. On imaginait aisément un éclat de rire, le plaisir d'une journée ensoleillée.

— C'est moi, dit-elle.

— C'était où ?

— Ici même. La cabane a brûlé en 1937.

— Je suis désolé.

— Moi, mes parents et mes six frères et sœurs, on vivait

ici. Des coyotes ont chipé toutes les poules la troisième année. On a survécu aux sécheresses et aux tempêtes de neige. Mes frères et sœurs ont grandi et sont tous partis, mais moi je suis restée. Je me suis accrochée, bon Dieu, et ça devrait valoir quelque chose. Ça devrait vouloir dire quelque chose, d'endurer tout ça et de rester pendant que le monde change autour de vous, qu'il change et vous oublie. Ça devrait vouloir dire quelque chose.

— Sans doute.

Mais j'étais bien incapable de déterminer ce que ça voulait dire. Peut-être rien de bon.

Elle soupira, s'enfonça un peu plus dans les profondeurs du fauteuil.

— Il n'y avait rien par ici. La terre était en friche, il y avait ce grand ciel vide et rien d'autre. Pas de ville. On a pris la terre et on l'a travaillée de nos mains. Il n'y avait rien, et puis il y a eu les Jordan.

Je comprenais mieux maintenant pourquoi les frères se pavanaient dans le coin comme si tout leur était dû. J'imaginais bien cette vieille femme, des années durant, susurrer son poison aux oreilles des garçons, leur faisant croire qu'ils étaient les rois de la vaste prairie. Elle était peut-être dans son droit. Les cow-boys et les Indiens. Difficile de voir les Jordan comme une grande dynastie plutôt qu'un ramassis de péquenauds, mais la vieille femme avait sa propre vision du monde. Tous les vieux avaient la leur.

Je tournai les pages de l'album de photos et les décennies défilèrent. Des photos noir et blanc plus petites de gens que je ne connaissais pas. Une femme sur un cheval. Un homme maigre en uniforme de l'armée, avec des galons de sergent. Un cliché à peine reconnaissable de Main Street. D'une certaine manière, la ville paraissait plus prospère à cette époque qu'aujourd'hui.

D'autres pages, d'autres décennies. Des photos aux couleurs passées de jeunes garçons, torse nu, alignés et grimaçant devant l'objectif. Je reconnus Jason Jordan. J'observai ses yeux, tentai d'y discerner la mauvaise graine qui s'épanouirait dans les années à venir. Je voulais croire que le mal était facile à identifier, qu'on pouvait le voir venir de très loin, comme ces sinistres nuages verdâtres qui nous alertaient de l'arrivée des tornades. Mais tout ce que je vis, c'était un gamin quelconque avec des dents de lapin.

Lorsque je levai les yeux de l'album de photos, je m'aperçus qu'Antonia Jordan s'était assoupie, le menton affaissé, ronflant légèrement, la tasse à thé en position précaire entre ses doigts décharnés. Je posai l'album à l'écart, pris doucement la tasse et la mis sur sa couverture en cuir. Délicatement, j'extirpai le revolver de son giron et le dissimulai derrière son fauteuil. Elle le retrouverait plus tard. Ou pas.

Je tentai de discerner dans la vieille femme endormie ce même côté maléfique que j'avais essayé de débusquer dans la photo de Jason, mais n'y parvins pas. Pourtant, je savais que c'était là ; ou si ce n'était pas le mal, c'était quelque chose de brisé, quelque chose qui avait mal tourné en elle comme être humain. On a facilement tendance à voir les personnes âgées comme des êtres gentils et charmants, mais n'importe qui peut mal tourner. Les difficultés, les déceptions et les tragédies de nos vies peuvent soit nous rendre plus forts, soit nous détruire à jamais, personne n'échappe à cette alternative. Ni les vieilles dames, ni les furies mexicaines, ni les adjoints du shérif à mi-temps.

On lance les dés et on tente sa chance.

Je me redressai, sentis mes genoux craquer, le dos moulu, les côtes toujours endolories. Je rêvais de m'enfiler deux ou trois bières et de roupiller dix heures d'affilée.

Mais j'allais attendre de pied ferme les frères Jordan.

17

La pièce située derrière la cuisine de mamie Jordan était un couloir étroit et inachevé — sol en ciment, fils électriques apparents, une ampoule nue de soixante watts au plafond. Une machine à laver et un sèche-linge, des pots de peinture empilés contre la paroi opposée. Je l'examinai une minute et en déduisis que c'était une sorte d'espace intermédiaire, qui servait de buanderie, entre l'appartement ajouté d'Antonia Jordan et le corps principal de la maison.

Je n'avais aucune envie de réessayer de me frayer un passage près de Lucifer, alors j'ouvris la porte en face de moi. Je dégainai mon revolver en entrant. Pas question que d'autres Jordan me prennent au dépourvu.

La partie principale de la maison était plongée dans le noir, à l'exception d'une petite lampe allumée sur un bureau à cylindre. C'était suffisant pour y voir, et j'inspectai rapidement les lieux. Le bureau était encombré de courrier, dont la plus grande part remontait à plusieurs mois. Les Jordan semblaient préférer qu'on les relance pas mal de fois avant de payer leurs factures. Des catalogues d'armurerie. *Field & Stream Magazine.* Des documents sur l'élevage de bétail. Rien de bien intéressant.

Je m'attendais à ce que la maison des Jordan sente aussi mauvais que l'intérieur du pick-up de Luke, ou aussi bizarre que les pièces qu'habitait mamie Jordan, mais l'endroit ne dégageait qu'une inoffensive senteur de pin qui masquait presque une légère odeur de cigarette. Je sortis une Winston et l'allumai. Quelques canettes vides de Budweiser traînaient ici et là, des cendriers pas vraiment propres, mais qui ne débordaient pas non plus de mégots. Un mobilier dépareillé. Le canapé et la plupart des chaises étaient orientés vers un écran télé géant de cent vingt-cinq centimètres. Des CD en pile branlante près de la chaîne stéréo. Les Dixie Chicks, Brooks & Dunn, d'autres trucs country. Un CD de Def Leppard, qui semblait légèrement déplacé.

On était bien dans l'antre d'une sorte de fraternité *redneck*.

J'explorai quatre chambres, deux salles de bains et un petit salon avant d'arriver dans la cuisine. Il n'y avait personne, et je ne vis rien qui ressemble de près ou de loin à une quelconque « preuve de conspiration ».

Cette cuisine-là était plus vaste et mieux équipée que le petit espace qu'ils avaient bricolé vite fait pour leur mamie, mais il y avait de la vaisselle sale dans l'évier et d'autres canettes de bière vides sur le plan de travail. J'ouvris le réfrigérateur et m'avisai avec convoitise de la présence de plusieurs Budweiser fraîches. Mauvaise idée. Une bière apaiserait peut-être un peu mes multiples douleurs, mais elle me mettrait sans doute aussi sur le cul. Je cherchai une boisson énergisante, en vain. Un bocal de cornichons attira mon attention. Je l'ouvris et j'en avalai deux. Bien croquants. Il y avait un truc dans une boîte Tupperware qui ressemblait à du pain de viande, mais je décidai de ne pas prendre le risque.

Même pas de Coca, rien qui contienne de la caféine ou du sucre. *Zut.*

Je refermai la porte du frigo et pris un verre dans le placard, le remplis au robinet de l'évier. Tout en me désaltérant, je remarquai un machin accroché au mur, un morceau de bois sculpté en forme de clé. Une rangée de petits crochets métalliques servait à y suspendre les clés de maison et de voiture. Tous les crochets étaient nus, excepté un. Je décrochai la clé et ne pus m'empêcher de sourire en examinant le porte-clés.

Les mots *Harley Davidson* se détachaient sur fond de drapeau américain.

Je sortis par la porte de la cuisine et trouvai le garage des Jordan. Je craignais qu'il soit cadenassé, mais ce n'était pas le cas et j'ouvris les battants en grand. Je n'eus même pas à chercher un interrupteur. La Harley était assez proche de l'entrée pour que je voie ses chromes briller à la lueur de la lune. Je relevai la béquille et fis rouler dehors l'engin lourd et massif.

La moto n'avait pas changé d'un iota depuis le jour où Jason avait tabassé Mark Foster devant le Tastee-Freeze. Je montai dessus, mon visage amoché s'illuminant d'un sourirc stupide. J'avais l'impression que cet engin pourrait me conduire jusqu'à la lune. Je me sentais puissant. Je mis la clé de contact et la tournai. La Harley prit vie en rugissant sous moi. J'entendis Lucifer aboyer comme un dingue dans la cour arrière. *Va te faire foutre, sale cabot.*

Je remontai l'allée, avec la sensation d'être sanglé sur une grosse fusée, le vent dans mes cheveux. Je me sentais comme une légende vivante, le vrombissement entre mes jambes me donnait l'impression de chevaucher un tremblement de terre. Je mis plein gaz et repartis en trombe sur la 6 en direction du sud, me faisant la promesse de me payer un de ces bébés, un jour.

Merci, Jason.

Je fus de retour à Coyote Crossing en un rien de temps et ralentis la Harley à contrecœur en arrivant sur Main Street. Je tentai de me projeter à l'époque du lycée sur cette moto, en veste en cuir légère et lunettes noires, toutes les filles braquant leur regard sur moi tellement j'aurais eu l'air super cool. Cette pensée me traversa l'esprit une seconde avant que le sourire s'efface de mon visage. Je n'étais plus au lycée, et il n'y avait pas de filles pour m'admirer.

Néanmoins, le vent m'avait fait un bien fou.

Le pick-up qui déboula de l'allée sur ma droite passa à cinq centimètres seulement de ma roue arrière. Je tanguai un peu, remis les gaz et fis grimper la Harley sur le trottoir tandis que le pick-up braquait, se lançait à mes trousses et tentait de revenir à ma hauteur. J'essayai d'apercevoir qui était au volant, mais je dus soudain esquiver une boîte aux lettres et un distributeur de journaux. Je zigzaguai et redescendis sur la route, trois mètres devant mon poursuivant. Il revenait me coller au cul, alors j'accélérai à fond et je pris le large.

Je jetai un coup d'œil dans le rétro. Un Ford noir, quasi neuf. Je tentai de me souvenir si un des frères Jordan possédait un véhicule de ce genre, mais je ne le pensais pas. Je poussai la Harley à la limite de ses possibilités et mis un maximum de distance entre le pick-up et moi. Je volais vraiment à présent, ce qui me fichait un peu la trouille. À cette vitesse, il suffisait d'un minuscule grain de poussière pour que je gicle sur le bitume.

Je passai comme une flèche devant le motel Mona Lisa

et continuai. Le compteur indiquait que je fonçais à cent quatre-vingts kilomètres à l'heure. Incrédule, j'y jetai un autre coup d'œil pour m'assurer que je ne rêvais pas, m'attendant à tout moment à voir un truc de dessin animé, genre crâne avec deux tibias croisés, me foncer sur la gueule.

Je ralentis un peu, coupai les phares. J'aperçus un bosquet à gauche de la route, une douzaine de chênes rachitiques. Je tournai dans l'herbe haute, me rangeai derrière le tronc du plus gros chêne. Cinq secondes plus tard, le pick-up passa en trombe, sans ralentir. Je comptai lentement jusqu'à vingt, puis retournai sur la route à leur poursuite.

Une minute plus tard, j'arrivai en vue du drive-in désaffecté. Une douzaine de personnes se pressaient autour d'un grand feu de camp qui projetait une lueur orange. Le pick-up noir se dirigea vers eux, fit le tour du groupe une fois, au ralenti, puis rejoignit la route et poursuivit son chemin. Je me demandai combien de temps ils allaient rouler avant d'abandonner et de faire demi-tour.

Puis je me souvins que Wayne m'avait parlé des vagabonds et du risque d'incendie. Je bifurquai à mon tour et m'approchai doucement pour aller jeter un œil. Arrivé à une quinzaine de mètres, je stoppai, mis la béquille et descendis de moto. Les vagabonds étaient des Mexicains, et je reconnus même mon pote, celui avec qui j'avais fumé à la caserne. Ils me faisaient tous face, et deux ou trois d'entre eux tenaient des armes improvisées. Le plus proche était un type costaud avec une grande barbe. Il avait à la main un tuyau long d'un bon mètre.

Je me demandai si le fait de sortir mon revolver aiderait ou ne ferait qu'empirer les choses. Je décidai de le laisser dans son holster. Ils attendaient clairement que je fasse quelque chose. J'attendais moi aussi de faire quelque chose, mais je ne savais fichtrement pas quoi.

Puis mon pote fumeur s'avança vers moi. Il traînait dans son sillage un gars plus jeune, un adolescent avec un ersatz de moustache et le crâne rasé. Mon pote fumeur marmonna en espagnol au gamin.

— Il dit qu'on est en dehors de la ville, traduisit le gamin. Comme vous vouliez.

Je ne savais pas si le drive-in était administrativement en dehors des limites de la ville, mais ça me suffisait.

— Je ne suis pas là pour vous faire des problèmes. Faites juste attention avec le feu.

Le gamin traduisit à mon pote fumeur qui hocha la tête et s'adressa en espagnol au reste de la foule. Ils furent visiblement soulagés et retournèrent près du feu, reprenant leurs conversations. Mon pote fumeur nous fit signe, au gamin et à moi, de nous asseoir avec lui à l'une des tables de pique-nique à moitié pourries près de la baraque à hot-dogs. J'acquiesçai et allai m'installer avec eux.

— Dis-lui que je n'embêterai pas les gens, expliquai-je au gamin. Mais tôt ou tard, d'autres vont venir. Vous ne pouvez pas rester ici trop longtemps.

Il traduisit, et mon pote fumeur hocha la tête, puis se gratta la moustache. La réponse de sa part prit bien une minute.

— On est très loin d'où ils étaient censés nous laisser, dit le gamin. On pourrait appeler quelqu'un pour qu'il vienne nous prendre. On a un numéro. Enrique a un portable, mais il ne marche pas.

Je secouai la tête et soupirai.

— Les portables ne marchent pas dans le coin, et tous les téléphones de la ville sont hors service.

Le gamin traduisit, et l'autre type, Enrique, fronça les sourcils avant de reprendre la parole.

— On est inquiets, dit le gamin. Les hommes peuvent marcher. On a connu pire. Mais il y a des femmes et des enfants, ajouta-t-il avec un geste en direction de la baraque.

Des femmes et des enfants. Génial. Je me levai, m'époussetai et me dirigeai vers la baraque, suivi par mes nouveaux copains. J'ouvris la porte et pénétrai à l'intérieur. Une douzaine de femmes étaient assises contre la paroi. Une bonne moitié serraient contre elles des bébés ou des nourrissons. Tous paraissaient en piteux état, probablement affamés et déshydratés.

Bon Dieu. Que pouvais-je faire pour ces gens ? Que pourrait faire n'importe qui ? On ne nous apprend pas ce genre de choses à l'école de police. Ils m'avaient balancé tout un tas de codes civils et de procédures, qui rentraient par une oreille et sortaient par l'autre. Mais personne ne m'avait enseigné le moindre truc pour sauver ces pauvres hères. On ne peut pas passer les menottes à la misère ou au désespoir. Ce que ces gens avaient dû endurer, je ne pouvais même pas l'imaginer. Et je me sentais désolé pour eux, mais je voulais aussi qu'ils partent.

La baraque à hot-dogs exiguë empestait la sueur et les couches sales. Je me déplaçai près de la fenêtre, histoire de respirer un peu d'air frais, et me creusai les méninges pour trouver une manière d'aider ces gens, tout en sachant pertinemment que c'était vain.

Je m'appuyai sur le rebord de la fenêtre, en tentant de me remémorer cet endroit du temps où ils y passaient encore des films. J'adorais l'odeur du pop-corn. Un hot-dog sauce chili et un Coca… Comme ils me l'avaient raconté plus tard, maman et papa m'avaient amené ici quand j'avais deux ou trois ans et installé sur la banquette arrière avec une couverture. D'ordinaire, il y avait un double programme, d'abord un truc pour les gosses, après quoi j'avais dû m'assoupir, et ensuite le second film pour les adultes. Je ne m'en souvenais pas, mais je suis sûr que j'avais dû passer un bon moment.

Je levai les yeux juste à temps pour apercevoir les phares qui balayaient l'entrée du drive-in. C'était un pick-up noir. La Harley de Jason était garée à la vue de tous, impossible de la louper.

— Putain de… oh, viens là, murmurai-je.

— Un problème, *señor* ? demanda le gosse.

— Ce pick-up, c'est des problèmes.

— Pour nous ?

— Pour moi, avouai-je. Écoute, sors de là et dis-leur que je suis parti. Dis qu'une voiture de police est venue me chercher, et que j'ai laissé la moto ici. Tu peux faire ça ?

— *Sí, señor.*

— Il vaudrait mieux faire sortir tout le monde d'ici, ajoutai-je en désignant les femmes et les enfants. Ils ne viendront peut-être pas me chercher jusqu'ici, mais si oui, ça peut devenir vilain.

Je posai une main sur mon revolver.

Il acquiesça et traduisit. Le gamin et mon pote fumeur firent sortir les autres de la baraque. Je me rencognai dans l'ombre, en épiant par la fenêtre. Le pick-up se gara à un mètre de la Harley Davidson. *Merde.*

Un homme sortit du côté conducteur, un autre du côté passager. Tous deux armés de fusils à pompe. *Merde. Merde. Merde.*

Je dégainai mon revolver, j'observai et attendis.

Le type qui conduisait la voiture ne m'était que vaguement familier : un cow-boy large d'épaules avec des cheveux bruns en pétard et une mâchoire carrée, à peine plus vieux que moi. Je reconnus le passager immédiatement.

Blake Harper : une grande asperge à la face de rat, au torse rachitique et aux épaules voûtées. Ses cheveux graisseux lui tombaient sur les yeux et recouvraient le col de sa chemise unie. Il arborait des favoris à la Elvis. Il avait l'air si malingre, squelettique et fragile qu'un bon coup de poing semblait suffire à le briser en mille morceaux.

Blake avait été l'acolyte lèche-bottes de Luke Jordan au lycée. À l'époque, il était trop lâche pour tenter quoi que ce soit par lui-même ; pour l'essentiel, il se contentait de rester derrière, à rire des blagues stupides de Luke, qu'il soit en train de cogner un plus petit ou de faire claquer l'élastique de soutien-gorge d'une fille. En revenant dans le coin, j'avais entendu dire que Blake était monté d'un demi-cran dans la chaîne alimentaire : le genre à dépouiller des bagnoles en rade sur l'autoroute et à piquer le courrier dans les boîtes aux lettres des gens. Ce n'étaient que des rumeurs, on n'avait rien pu prouver. Pour finir, Blake avait accroché une chaîne à un distributeur automatique, l'autre extrémité à son pick-up et tenté de l'arracher. Une caméra de surveillance avait filmé toute la scène, et il avait passé une paire d'années sous les verrous.

Une fois sorti de prison, il était revenu à Coyote Crossing pour reprendre son rôle de lèche-bottes auprès des frères Jordan. Apparemment, ils avaient lancé à mes trousses toute leur armada de crétins.

Un groupe de cinq Mexicains alla à la rencontre de Blake et de son copain, y compris le type armé du tuyau. Blake leva son fusil à pompe, et les Mexicains reculèrent. Ils échangèrent des paroles, que je ne parvins pas à entendre. Les Mexicains finirent par retourner auprès du feu, et je vis Blake se rapprocher de son pote pour un conciliabule. Ils pointèrent le doigt, hochèrent la tête, et le copain de Blake partit vers le grand écran du drive-in.

Quant à Blake, il se dirigea droit vers moi.

Je reculai jusqu'au comptoir de service, passai par-dessus, sans quitter la fenêtre des yeux un seul instant : Blake continuait d'approcher, le fusil à la main, sans trop se presser. J'avais repéré l'encadrement de porte qui menait à la cuisine au fond, et je pariais sur l'existence d'une sortie à l'arrière.

Je m'y glissai à reculons, me laissant avaler par l'obscurité, m'arrêtant quand mes fesses rencontrèrent un objet solide, un comptoir ou un fourneau peut-être. Je gardai la porte et la fenêtre dans mon champ de vision, surveillant la progression de Blake. Lorsqu'il arriva à proximité de la baraque, je le perdis de vue et me préparai à voir s'ouvrir la porte, le poing serré sur la crosse de mon revolver.

D'abord, je crus que Blake avait changé d'avis. J'attendis, mais rien ne se passa.

Puis la porte s'ouvrit doucement en grinçant. Blake n'allait pas se jeter dans la gueule du loup. Il était prudent, au cas où je serais à l'intérieur. Moi, je voulais juste qu'il s'en aille.

Le canon du fusil à pompe apparut en premier, puis sa main et une de ses jambes.

Je me planquai derrière le fourneau, en me faisant tout petit.

Blake s'efforçait de ne pas faire de bruit, mais ses bottes crissèrent sur le sable qui recouvrait le plancher. Il fouina en braquant son fusil dans tous les coins. Je retins ma respiration.

Je ne doutais pas une seconde que Blake me criblerait de chevrotine sans une hésitation. Je devrais peut-être me redresser d'un coup et tirer le premier. Mais je ne voulais tuer personne. Je voulais juste que cette longue nuit s'achève. Et de toute manière, le pote de Blake était quelque part là dehors, armé d'un autre fusil, et il se ramènerait illico. Et puis, si je tirais sur Blake et le loupais, je me retrouverais à un contre deux.

Allez, casse-toi, enfoiré.

Il passa derrière le comptoir et je l'entendis farfouiller dans les placards. Une seconde plus tard, il réapparut, sa silhouette s'encadrant dans l'embrasure de l'entrée de la cuisine, une cible parfaite.

Et j'y pensai. Vraiment. Ce serait si simple de pointer le revolver et d'appuyer sur la détente deux ou trois fois.

Blake scruta l'obscurité, se pencha pour essayer d'y voir mieux. Il tâtonna le long de la paroi, à la recherche de l'interrupteur. Lorsqu'il le trouva, il le fit jouer cinq ou six fois, mais il n'y avait pas de jus. Il grommela un truc que je ne saisis pas et avança dans la cuisine.

Je me rencognai dans un coin sombre, entre la paroi et le fourneau de métal froid. Une démangeaison — un filet de sueur me coulait au milieu du dos. De la sueur aussi dans les yeux. Mon cœur battait à tout rompre, comme un roulement de grosse caisse.

Blake tourna lentement la tête d'un côté, puis de l'autre.

Enfin, il fit demi-tour.

Vas-y, mec. Barre-toi.

J'entendis la porte d'entrée s'ouvrir et se fermer à nouveau. Je laissai échapper un soupir exténué, posai la main sur le fourneau pour me remettre debout, les genoux en compote.

Je distinguai une porte au fond de la cuisine et m'y dirigeai. Je trébuchai sur quelque chose et ma main se tendit par réflexe. Je heurtai une pile de casseroles qui s'entrechoquèrent et tombèrent par terre dans un boucan de fin du monde.

— Merde !

Je me précipitai vers la porte du fond mais ne l'atteignis pas. La pièce s'illumina dans un fracas de tonnerre, les grains de chevrotine criblant la batterie de cuisine juste à côté de moi. Blake se tenait à moitié dans l'embrasure de l'entrée de la cuisine, tirant à l'aveuglette en direction du bruit. Je fis volte-face, tirai à deux reprises et il se planqua à l'abri.

— Harris ! cria-t-il.

Je savais que je devais me barrer de là avant l'arrivée de Harris, mais je restai baissé car Blake pointait son fusil dans la cuisine et tira une volée de chevrotine au-dessus de ma tête. Je fis feu à nouveau, juste pour que le bruit le fasse reculer, et m'escrimai sur le verrou à coulisse rouillé de la porte du fond. Je l'entendis pomper une autre cartouche et plongeai sur le sol juste avant qu'il fasse feu. Je lui tirai dans les pieds et il se planqua de nouveau.

— Harris ! gueula Blake. Nom de Dieu, je l'ai coincé dans le snack. Ramène ton cul !

— Tu es en état d'arrestation, Blake, tentai-je.

— Va te faire foutre, Toby.

Il passa le fusil par l'embrasure, tira et toucha le plafond.

Je rengainai mon revolver et sortis le Glock de Karl. Je visai trente centimètres à gauche de l'entrée, là où j'imaginais que Blake se planquait, prêt à foncer dans la cuisine et à se défouler sur moi avec le fusil à pompe. Je tirai à quatre reprises, trouant la paroi. J'entendis un grognement et un choc sourd dans l'autre pièce de la baraque à hot-dogs.

J'attendis un instant, l'automatique pointé sur l'entrée de la cuisine. J'entendis un gémissement étouffé. *Bien.* Blake avait été touché. *Reste là à te vider de ton sang, fils de pute.*

À coups de paume, je débloquai le verrou à glissière, qui finit par coulisser. Je donnai un bon coup de pied dans la porte, et elle s'ouvrit en grand. Je me ruai à l'extérieur, pistolet au poing.

L'arrière de la baraque à hot-dogs : une vieille benne à ordures, une carcasse de bagnole rouillée, des tables de pique-nique cradingues.

La première salve cribla la paroi derrière moi. Je me jetai à terre. Je vis l'éclair du second tir. Je sentis une piqûre à la jambe gauche et grognai.

Harris.

Levant les yeux, je le vis ouvrir son fusil à double canon, pour le charger de nouvelles cartouches. Je lui tirai dessus et la balle fit *tunk* sur la benne à ordures. Harris se planqua.

Je me relevai et courus me mettre à l'abri derrière la carcasse de voiture. Je levai la tête juste assez pour voir au-dessus du capot. J'attendais qu'il montre sa tête à son tour, afin de pouvoir le cueillir. Mais il resta à couvert.

— Harris ! criai-je. Harris, sors avec les mains en l'air. Jette ton fusil, et tu ne finiras pas comme Blake.

Peut-être que ça le secouerait.

Il ne répondit pas, ne se montra pas non plus. Je n'étais pas vraiment chaud pour sortir à découvert. Mais j'avançai, accroupi, de l'autre côté de la voiture, en direction de la benne. J'espérais ne pas faire de bruit. Je savais qu'il était planqué là-derrière. Avec de la chance, je le surprendrais en train de surveiller de l'autre côté. Je fis de mon mieux pour éviter de marcher sur des touffes d'herbes sèches, du verre brisé, quoi que ce soit qui pourrait l'alerter. Mais j'avais du mal à voir où je mettais les pieds — le feu de camp était loin et la lune n'éclairait plus guère.

Je finis par arriver au coin de la benne, penchai la tête et le vis accroupi à l'autre bout, agrippé à son fusil, en train de surveiller la bagnole rouillée. Je m'approchai de lui, en le visant avec l'automatique. Un pas, puis un autre. Toujours plus près.

— Bouge pas, mec.

Il se raidit et lâcha :

— Merde.

— Je vais te prendre le fusil. Si tu bouges, je te flingue. T'as compris ?

— Ouais, j'ai compris.

J'approchai doucement, lui pris le fusil des mains et reculai. Je balançai l'arme derrière moi, hors de portée. Je n'avais pas de menottes et ne savais pas trop bien quoi faire de lui. Mais j'avais des questions à lui poser.

— Combien d'entre vous sont après moi ce soir ? Je sais que les frères Jordan sont à mes trousses.

— Hé, va te foutre, l'adjoint, dit Harris. Laisse tomber le bla-bla et conduis-moi en prison.

— La prison est pleine, lui dis-je. Alors on va peut-être régler nos affaires sur place.

— Tu bluffes.

Ouais, je bluffais, mais cette ordure de Harris n'avait pas besoin de le savoir. Et, quand un type vous arrosait de chevrotine, ça vous mettait forcément un peu à cran. S'il clignait ne serait-ce que d'un cil, je n'aurais pas hésité une seconde à lui exploser la tronche.

— T'es dans le coup pour le trafic de Mexicains ? demandai-je. Ou tu t'es juste fait embaucher pour la chasse à l'adjoint Sawyer ?

— Pauvre crétin. Fous-moi en taule, mec. J'aurai même pas besoin de passer mon coup de fil. Une heure après, je pisserai sur ta tombe.

Je levai le pistolet pour cogner Harris sur l'arrière du crâne quand la porte derrière la baraque à hot-dogs s'ouvrit brusquement.

Blake sortit en titubant, une épaule trempée de sang. Il tenait avec peine le fusil d'une main, tira bien au-dessus de nos têtes, loin de nous. Mais cela suffit à me distraire, et Harris me bondit dessus, une main à ma gorge, l'autre sur mon pistolet. On tomba tous les deux par terre, roulant dans la poussière, qui s'éleva en nuage. On se débattait en se fichant des coups de pied pour tenter de prendre l'ascendant.

Le flingue finit entre nous deux, on roula encore, il se retrouva au-dessus et j'appuyai sur la détente. Le Glock aboya et Harris écarquilla les yeux, sa bouche s'ouvrit en grand, laissant échapper un filet de salive. Il tenta de dire quelque chose, mais ne réussit à lâcher qu'une sorte de croassement triste.

— Un dernier pour la route, dis-je.

J'appuyai une nouvelle fois sur la détente, et il convulsa au-dessus de moi. Ses yeux se fermèrent, et je le repoussai sur le côté. Je m'agenouillai et vis Blake s'avancer vers moi d'un pas mal assuré. Il essayait de faire passer le fusil dans son autre main, afin de pouvoir le recharger, mais le calibre douze lui échappait sans cesse. Il réussit finalement à introduire une nouvelle cartouche. Je levai le pistolet et nous nous fîmes face. Il avait l'air de tenir à peine debout, comme s'il allait s'écrouler d'une minute à l'autre. Il avait perdu beaucoup de sang, son visage avait pris un teint crayeux.

— Lâche ça, mec, l'avertis-je. T'es au bout du rouleau.

Il se fendit d'un sourire jaune.

— Toby Sawyer, crétin de bâtard, abruti de musicien de mes deux. T'es qu'un minus… t'es rien du tout. Tu te pavanes avec ton étoile en ferraille, mais t'es déjà mort.

— Je vivrai plus longtemps que toi.

Il déglutit.

— Peut-être. Peut-être pas.

Et soudain les Mexicains étaient là. J'ignore depuis combien de temps ils s'étaient approchés en silence pour nous cerner, mais ils étaient tout proches à présent, formant un cercle autour de nous, les hommes devant, les visages sombres des femmes derrière. Même dans l'obscurité, je pouvais les sentir, cette masse épaisse d'humanité avançant comme un seul homme, un seul esprit entièrement focalisé sur Blake.

Il balaya la foule de son fusil, trébucha. Pas un seul Mexicain ne flancha. Ils ne manifestèrent aucune crainte. Blake les menaça de son fusil.

— Reculez, enfoirés de métèques.

— Sur qui tu vas tirer, Blake ? Ils te sauteront dessus avant que tu puisses recharger.

— Je garderai sans doute ma dernière cartouche pour toi, dit Blake. Ce sera une dernière satisfaction.

— Grosse erreur. Je peux te mettre en détention, te faire soigner. Ou tu peux tenter ta chance avec ces gens.

— Écoute-toi, rétorqua Blake. Tu causes comme si t'étais un vrai shérif. Eh bien, ta détention, tu peux te la mettre dans le fion, espèce de trou… du…

Il roula des yeux et tomba la tête la première, son crâne rebondissant sur la terre bien dure.

Nous fîmes cercle autour de lui, pour voir s'il allait se relever. Il resta immobile. Je me dis qu'il avait peut-être cassé sa pipe, alors je m'agenouillai, posai une main sur sa poitrine, sentis son cœur battre. Il respirait.

— Les gars, vous pouvez vous occuper de lui ? demandai-je. Juste le temps que j'envoie quelqu'un. Il doit y avoir des serviettes dans la baraque à hot-dogs. Essayez juste d'arrêter le saignement, si vous pouvez.

Enrique et le gamin échangèrent un regard, puis tournèrent les yeux vers moi.

— Cet homme, dit le gamin avec un geste vers Blake, il a essayé de vous tuer.

— Ouais.

— Laissez-le. Il va se vider de son sang. Les rats et les buses aussi ont besoin de manger. C'est la justice.

Je secouai la tête.

— Ça me conviendrait très bien. J'admets. Mais je ne peux pas faire les choses comme ça. Et puis, pour être franc, j'aurais plus de plaisir à le voir retourner en prison.

Ils baragouinèrent encore un peu entre eux, puis le gamin dit :

— On comprend. On n'est pas docteurs, mais on fera ce qu'on peut.

Je m'agenouillai près de Blake et pris son portefeuille dans sa poche arrière. Il y avait soixante-deux dollars, que je tendis au gamin.

— Je ne sais pas si ça suffira, mais vous pouvez peut-être acheter à manger pour tout le monde.

Je continuai à fouiller le portefeuille de Blake et trouvai une carte Visa. Bah, quelle importance. Je la lui tendis.

— En temps normal, je ne cautionne pas ce genre de choses, mais bon, je suppose que Blake nous doit bien ça.

— Merci beaucoup, dit le gamin, mais on n'a toujours aucun moyen de contacter les nôtres.

Je cogitai là-dessus un moment puis je dis :

— Suis-moi.

Je retournai à la moto de Jason et grimpai dessus. Je fis signe au gamin de monter derrière moi. Il regarda Enrique qui acquiesça, et le gamin s'installa en passant ses bras autour de ma taille. Il ne tenait pas en place.

— Reste tranquille.

— Désolé.

— Je vais te conduire à un téléphone, OK? Après, tu devras te débrouiller tout seul.

Il dit à ses amis ce qu'il allait faire, et ils lui souhaitèrent tous bon vent ou je ne sais quoi. Je ne pouvais pas traduire, mais pas mal d'entre eux avaient l'air inquiets.

Je fis démarrer la moto, et nous reprîmes le chemin de la ville.

18

J'arrêtai la Harley Davidson devant le poste de police.

— Prends la moto et continue sur la Route 6, dis-je au gamin. Il y a une cabine payante à la station Texaco. Ils ne sont pas sur le même réseau que nous, ça devrait marcher. Il faudra que tu te débarrasses de la moto au plus vite. Alors appelle tes amis et partez dès que possible, parce que d'ici peu cet endroit va grouiller de policiers. Tu comprends ?

Il hocha la tête et me tendit la main. Je la serrai.

— Merci.

Il démarra plein pot et fonça sur Main Street. Je restai un moment à écouter la Harley s'éloigner, jusqu'à ce que le vrombissement se perde dans le lointain.

Je restai là, dans l'obscurité qui précédait l'aube. Je n'arrivais décidément pas à m'habituer à ce calme. Parfois, Coyote Crossing avait tout l'air d'une ville fantôme. Même au beau milieu de la journée, je l'avais déjà vue ainsi. Deux ou trois passants sur le trottoir, pas une voiture. Pas un bruit, pas même un chien qui aboyait. Vous pouviez vous planter là, regarder dans toutes les directions sans voir un signe de vie ni un seul mouvement, comme si même le vent était mort et parti au diable. À cet instant précis, c'était l'impression que ça faisait. Une atmosphère paisible et étrange, tandis que le vacarme des coups de feu et le vrombissement de la moto s'effaçaient déjà de ma mémoire. Je pouvais presque imaginer que tout cela n'avait été qu'un long et mauvais rêve.

Le calme ne dura pas longtemps.

J'entendis des éclats de voix provenant de la rue latérale, deux personnes. Ils ne parlaient pas fort, mais leurs voix portaient. La nuit, les voix s'entendent de loin, se répercutent sur les bâtiments. Je ne dégainai pas mes flingues. Je les connaissais.

Roy et son pote Howard débouchèrent sur Main Street et tournèrent dans ma direction. Très relax, ils discutaient de pêche et du nouveau coin aménagé au bord du lac Skiatook, en se demandant s'ils pourraient ou non emprunter un bateau à une connaissance de Howard. J'avais moi aussi entendu parler de ce coin, mais je ne connaissais aucun propriétaire de bateau.

La conversation s'interrompit brusquement lorsque Roy passa devant son Peterbilt garé devant le poste. Si j'avais été un de ces types méchants, un véritable enfoiré au cœur de pierre, je me serais mis à rire. L'expression sur le visage de Roy… Comme si son cœur se brisait en mille morceaux. Il se figea devant son camion défoncé, bouche bée, ses yeux s'écarquillant toujours plus de seconde en seconde. Il fit une sorte de grimace, comme s'il n'arrivait pas à se décider entre pleurer et crier.

— Putain. De. Dieu.

Roy s'approcha du camion, posa une main hésitante sur le capot. Presque comme s'il cherchait un pouls.

J'émergeai de la pénombre près de la porte du poste.

— Désolé, Roy. On a eu des petits ennuis tout à l'heure.

— Des petits ennuis ? C'est mon *putain de camion* ! Y s'est passé quoi, bordel ?

— Du calme, Roy.

Il n'était plus aussi saoul qu'avant et me lança un regard, genre : pas question qu'un petit morveux avec une étoile se la joue méchant flic avec moi. Je lui rendis son regard, et il pigea. Il n'était pas content, mais il pigea. J'incarnais toujours la loi. Il ravala les insultes qu'il s'apprêtait à me balancer.

— Ne t'inquiète pas pour ton camion. On fera un rapport, et ton assurance s'en chargera.

J'ignorais si c'était vrai, et je savais encore moins quel genre d'assurance avait bien pu prendre Roy, et s'ils paieraient quoi que ce soit. Mais je le dis comme si j'en étais convaincu. Et Roy n'avait pas besoin de savoir dans l'immédiat que c'était moi qui étais au volant de son camion quand il avait foncé dans le motel.

— Où vous allez, les gars ? demandai-je.

— On s'est dit que Wayne n'allait pas tarder à ouvrir pour le petit déj', dit Roy. J'ai besoin de me caler l'estomac.

Il regarda de nouveau son camion.

— Jésus Marie Joseph.

— Biscuits en sauce.

C'était la contribution de Howard à la conversation.

— Tu es repassé chez toi ?

Je ne voulais pas pousser le bouchon trop loin avec Roy. Il aurait pu se demander ce que Molly fichait avec mon fils dans sa maison. Je préférais ne pas avoir à le lui expliquer.

— Pas encore, dit Roy. On veut manger avant.

— Rends-moi service : retourne chez Howard après le petit déjeuner. Je dois d'abord m'assurer que Molly se sente en sécurité avant que tu rentres.

Roy se renfrogna.

— C'est ma maison, Sawyer.

— C'est ma responsabilité, Roy. Je dois couvrir mes arrières.

— Je pige pas.

— Il faut d'abord qu'elle me confirme qu'elle ne se sent pas menacée. C'est la routine.

J'improvisais.

Il haussa les épaules.

— Très bien. Je veux juste du bacon.

Il examina de nouveau le Peterbilt.

— Bon Dieu.

— Ça va s'arranger, Roy.

Et j'espérais sincèrement que ce serait le cas. Avec tout ce qui s'était passé, j'avais du mal à me faire du souci pour le camion de Roy. J'avais tué et failli me faire tuer. En une seule nuit, toute ma vie s'était retrouvée sens dessus dessous. Mais les problèmes de Roy étaient importants pour Roy. Pour chacun d'entre nous, nos problèmes personnels sont toujours les plus importants.

Je suivis des yeux Roy et Howard, qui poursuivirent leur chemin vers le Skeeter's.

J'étais à court de cigarettes.

19

Je pénétrai dans le poste. L'intérieur était sombre, excepté la triste lueur jaunâtre de la lampe de bureau. Karl ronflait dans sa cellule.

— Cow-boy, chuchota la furie. Hé, cow-boy.

— Quoi ?

Je ne chuchotai pas, mais je parlai à voix basse.

— Ta copine flic, elle te cherchait. Je crois que tu l'as foutue en rogne. Hein ?

— Eh bien, quand elle reviendra, elle pourra m'arrêter si elle veut.

Je m'affalai dans le fauteuil derrière le bureau.

— Je ne bouge plus d'ici.

— T'as l'air dans un sale état, dit-elle. Je veux dire, encore pire qu'avant.

— Merci. Moi aussi, je t'aime bien.

— Comment tu fais pour tenir encore debout ?

— Cigarettes et boissons énergisantes.

— Vache de job, hein ? Tu te fais tabasser, on bousille ta bagnole. Ils te paient bien pour ça ?

— Pas vraiment.

Elle agrippa deux barreaux de sa cellule et pressa son visage tout contre.

— Alors fais-moi sortir d'ici. OK ? Fais-moi sortir, et je nous trouverai du pognon. Beaucoup de pognon, cow-boy. Plus que suffisant. Ça nous durera longtemps, à Mexico.

— Laisse tomber.

— Toi et moi à Cozumel, cow-boy, insista la furie. Tu ne vois pas les possibilités ? Tu ne veux pas un avant-goût ?

— Ton argumentaire de vente commence à tourner en rond.

— Va au diable !

Elle cracha dans ma direction, me manqua de peu.

— Il y a pas une heure, tu voulais me trouer le bide.

— Je ne veux pas aller en prison, dit-elle.

— C'est à ça que ça sert, la prison.

— Va te faire foutre !

Elle explosa en lâchant une bordée de jurons en espagnol que j'étais plutôt content de ne pas comprendre.

Je laissai pisser. Elle baissa d'intensité et finit par se taire. Elle glissa en position assise, posa sa tête contre les barreaux.

Je restai installé au bureau. La furie boudait. Karl ronflait. Il en alla ainsi quelques minutes.

Amanda surgit dans le poste de police, marcha droit sur moi et se pencha en frappant le bureau de sa main. Son nez était à deux centimètres du mien.

— Quand je t'ai dit de rester là, qu'est-ce que tu n'as pas compris, espèce de débile ?

— Calme-toi, Amanda.

Je soutins son regard. Hier, j'aurais détourné les yeux. Pas aujourd'hui. J'avais traversé trop de choses. Ou peut-être étais-je simplement trop éreinté.

— Ne me dis pas de me calmer, petit. Qu'est-ce que t'as fichu, bon Dieu ?

— Il fallait bien qu'un de nous parte à la recherche du chef.

— Et tu l'as trouvé ?

— Non. Mais quelqu'un a incendié sa maison.

Elle se tut une seconde.

— Bordel, mais pourquoi ?

— Peut-être pour me faire cramer. J'étais à l'intérieur, à ce moment-là.

— Ils t'ont peut-être pris pour Krueger, dit-elle. Où pourrait-il être, à ton avis ?

Je soupirai.

— Amanda, je crois que le chef est mort. Depuis le temps, il serait revenu ou nous aurait contactés par radio.

Elle se mordilla la lèvre inférieure, le temps d'y penser.

— Peut-être.

— Et en ce moment même, les frères Jordan sont en vadrouille, là dehors ; ils me cherchent, et pas pour m'offrir des fleurs.

— Bon, cette fois, on ne bouge plus d'ici, dit-elle. La police d'État sera bientôt là, et on pourra en finir avec ce bordel. Bon Dieu, la nuit devient sacrément longue.

À qui le dis-tu.

— Je vais faire du café.

Elle se dirigea vers la pièce du fond, où se trouvait la cafetière, posée sur le coffre-fort.

Je n'étais pas sûr que mon estomac puisse supporter le café. Il gargouillait encore de toutes les boissons énergisantes ingurgitées. Or le café du poste de police était une sorte d'acide noir tellement aigre qu'il suffirait d'en asperger une porte de grange pour dissoudre la peinture. Il fallait plutôt que je mange. Je me demandai si Amanda me laisserait faire un saut au Skeeter's pour avaler des pancakes et du bacon en compagnie de Roy et Howard. Sans doute que non.

J'entendis couler le robinet dans la pièce du fond, la verseuse se remplir d'eau.

À cet instant, je compris la remarque d'un psychologue que j'avais entendue à la radio, comme quoi les odeurs sont les plus puissants stimulants de la mémoire, plus que les autres sensations. Je me dis que c'était sans doute vrai. L'odeur du charbon me rappelait mon père à chaque coup, quand on allait camper au parc national et qu'on faisait griller des hamburgers ou d'autres trucs. Même au beau milieu de New York, cette simple odeur suffisait à me remémorer aussitôt les feux de camp avec mon vieux. Les quintes de toux, elles, me faisaient penser à ma mère.

Mais, pour Doris, c'était plutôt les sons que les odeurs, je crois bien. J'entendis Amanda, dans la pièce du fond, qui faisait couler de l'eau dans l'évier, et ce son me transporta directement dans le mobile home. J'étais assoupi dans la chambre, et j'entendais Doris, à travers les fines parois, préparer le café ou faire la vaisselle.

Allait-elle conduire d'une traite jusqu'à Houston, ou bien s'arrêter quelque part, dans un petit motel de bord de route, genre piège à cafards ? Je m'inquiétais à l'idée qu'elle s'épuise en conduisant toute la nuit, elle risquait de piquer du nez sur le volant. Je ne souhaitais pas qu'elle revienne, non, mais j'espérais qu'elle me donnerait un coup de fil. De toute manière, il allait bien falloir prendre des décisions pour le petit si je finissais en prison, ou même si je devais m'absenter pour chercher du travail. Elle aussi devrait s'occuper de TJ ; peut-être même faudrait-il qu'elle le ramène chez sa sœur.

À la perspective de devoir aller jusqu'à Houston chaque fois que je voudrais voir mon fils, j'étais dégoûté d'avance.

Amanda réapparut et s'accapara la chaise en face de moi.

— Le café est en train de passer.

— Et maintenant ?

— Maintenant on attend.

— Tu as déjà été mariée ? demandai-je.

— Non.

— T'as de la chance.

— J'ai failli, une fois, dit-elle. On a vécu ensemble un temps, mais ça n'a pas marché.

— Qu'est-ce qui s'est passé ?

Elle se mordilla le pouce, haussa les épaules.

— On s'était rencontrés à Tulsa, dans un triathlon. Tu sais, l'épreuve de course, nage et vélo. On avait plein de trucs en commun. Les sports, les sorties de plein air. Et puis, quand on s'est installés ensemble, c'est juste devenu le train-train domestique. On ne faisait quasiment plus d'activités. On se contentait d'aller au boulot, de rentrer et de s'affaler dans l'appartement, en attendant de retourner travailler le lendemain. Je ne sais pas pourquoi au juste, mais on a tous les deux compris que ça n'allait pas marcher.

— On dirait que vous vous êtes séparés à l'amiable.

— Ouais.

Un ange passa.

Je repris la parole.

— Je vais sans doute avoir besoin que tu me soutiennes… je veux dire, que tu témoignes en ma faveur.

— Tout va finir par s'arranger, m'assura-t-elle.

Le visage sans vie de Billy me resurgit à l'esprit.

— J'ai tué un collègue. Et on en a un autre derrière les

barreaux. Je ne veux pas perdre mon fils, Amanda. Il n'a que moi.

— Il va y avoir une enquête. Tu dis la vérité, et advienne que pourra, dit-elle. C'est tout ce que tu peux faire.

— Ça ne m'aide pas vraiment à me sentir mieux.

— Je ne dis pas ça pour que tu te sentes mieux. Je le dis parce que c'est comme ça. Mais si tout s'est passé comme tu me l'as raconté, tu n'as fait que ton devoir, ou agi en état de légitime défense. Enfin, dans les grandes lignes. Certains détails peuvent jouer contre toi.

Je me revis au volant du camion de Roy, en train de foncer dans le motel Mona Lisa. Non, ce n'était pas vraiment la procédure usuelle. De vrais flics professionnels, expérimentés, auraient sans doute déjà réussi à gérer cette situation, à régler les choses proprement. Mais je n'étais qu'un nigaud d'adjoint du shérif à mi-temps, qui n'avait rien trouvé de mieux que de se jeter dans le feu quand il avait senti que ça chauffait pour ses fesses.

Grillé.

— Tu t'es déjà retrouvée dans ce genre de situation ?

Elle secoua la tête.

— Ma carrière n'a pas été si pittoresque. Mais j'ai connu un type qui avait descendu un gamin de treize ans. Il faisait noir, et le gamin avait un faux pistolet, un jouet. En fin de compte, il a été blanchi, mais je crois que ce type n'a plus jamais été le même. Aux dernières nouvelles, il s'était fait embaucher par une société de sécurité privée.

Au moins, je n'avais tué que des personnes qui l'avaient bien cherché. Amanda haussa les épaules.

— De toute façon, ces policiers ne devraient plus tarder maintenant, et on pourra…

Le parpaing fracassa la fenêtre en traversant la vitre et les stores et atterrit à une dizaine de centimètres de nos pieds. On plongea tous les deux à terre, et je vis Amanda se redresser une seconde après, pistolet au poing. Je dégainai le mien, moi aussi, histoire de suivre le mouvement, mais je restai planqué sous le bureau.

Une grosse voix bourrue se fit entendre de la rue :

— Sors tes fesses de là, Sawyer, et viens prendre tes pilules.

La voix ressemblait à celle de Jason Jordan, mais ce pouvait être un de ses frères. Ils avaient tous le même aboiement rauque de *redneck*.

— Qui c'est ? me demanda Amanda.

— Les frères Jordan.

— Au complet ?

— Je n'en sais rien, admis-je. Peut-être.

— C'est après toi qu'ils en ont.

— Je suis populaire ce soir.

— Ça n'a pas l'air de t'inquiéter plus que ça.

— Je suis assez fatigué. Trop crevé pour avoir peur, je crois.

Elle se leva et se rendit à la fenêtre, mais prit garde à rester sur le côté, au cas où ils balanceraient un autre parpaing, ou pire. Elle brandissait toujours son pistolet, et je me demandai si elle allait se pencher à la fenêtre et commencer à tirer comme dans un vieux western.

— Qui est là, dehors ? s'écria-t-elle.

Silence. Ils avaient dû penser que j'étais seul.

Amanda fit une nouvelle tentative.

— La cavalerie arrive, les gars. La police d'État. Vous allez avoir un tas d'emmerdes. Si j'étais vous, je dégagerais la voie et je rentrerais à la maison.

Je lui adressai un sourire.

— Pourquoi tu ne sortirais pas les arrêter ?

— Va te faire voir, Sawyer.

Elle se remit à crier :

— Hé, dehors, vous m'entendez ? Foutez le camp.

— On n'a pas de problème avec vous, mamz'elle Amanda, cria en retour un des frères Jordan. Faites sortir Sawyer, c'est tout.

Elle m'adressa à son tour un sourire.

— Tu l'as entendu, petit. Sors d'ici.

— Ils essaient de nous monter l'un contre l'autre.

— Je sais, dit Amanda. Ils ne peuvent pas se permettre d'avoir un témoin, et ils doivent savoir que le téléphone est hors service.

— C'est sans doute eux qui l'ont coupé.

— Ouais.

— Faites-le sortir, cria de nouveau la voix. Pour ce qu'il a fait à Luke.

— Je n'ai pas tué ton crétin de frère ! criai-je à mon tour.

Merde, pourquoi croyaient-ils tout ça ?

— Ferme-la, imbécile, dit Amanda.

— Oui, ben, c'est pas moi qui l'ai tué.

— Mais maintenant ils savent que tu es là.

Oups.

Amanda cria :

— Nom d'un chien, les gars, c'est un poste de police et je représente de la loi. Vous vous êtes foutus dans une sacrée merde, et là, vous vous enfoncez de plus en plus. Vous pigez ce que je dis ?

Encore un silence.

Enfin :

— Tu ne t'en tireras pas comme ça, Sawyer. Mamz'elle

Amanda, si vous vous mettez en travers de notre chemin, il arrivera ce qu'il arrivera.

J'entendis un moteur démarrer, des pneus crisser puis le vrombissement du moteur qui s'éloignait sur la route.

— Merde.

Amanda rengaina son arme dans son holster, se dirigea vers le placard d'armurerie, le déverrouilla, en sortit un fusil à pompe calibre douze et une boîte de chevrotines 00. Elle se mit à charger les cartouches dans le fusil.

— Cette fois, quand je te dis de rester et de garder le fort, tu obéis, OK?

— Tu ne vas pas sortir?

Elle continua de charger le fusil.

— La police ne va pas tarder, repris-je. Alors reste ici, on va s'en tirer.

— Si j'étais à leur place, dit Amanda, j'entasserais quelques bûches contre la porte de devant, et celle de derrière aussi. Un ou deux bidons d'essence. Ça nous enfumerait en un rien de temps. Tu préfères attendre ça?

Je ne pensais pas que les Jordan étaient assez futés pour y penser, mais je me souvins aussi que la maison du chef ne devait plus être, à l'heure qu'il était, qu'un tas de cendres. Amanda n'avait peut-être pas tort. Se contenter de rester passivement à attendre, sur la défensive, avait des inconvénients. Malgré tout, j'avais du mal à me convaincre que c'était une bonne idée de sortir d'ici pour chercher les ennuis.

— Et puis, c'est toujours à moi de faire respecter la loi, dit-elle. Je ne peux pas laisser une bande de voyous mettre la ville à feu et à sang. Je dois au moins les garder à l'œil.

— Je ne crois toujours pas que ce soit une bonne idée.

— Je ne t'ai pas demandé ton avis.

Elle retourna à l'armurerie, en sortit un autre fusil calibre douze et le posa devant moi sur le bureau.

— Garde le fort.

Elle ouvrit la porte, s'immobilisa avant de sortir, regarda des deux côtés de Main Street. Elle me lança un dernier regard, franchit le seuil et ferma la porte derrière elle. J'allai la verrouiller. Une seconde plus tard, j'entendis sa voiture de patrouille démarrer et s'éloigner.

— Cette fois, te voilà tout seul, cow-boy, dit une voix douce dans la cellule.

— Mais non, voyons, je t'ai encore, toi.

— Tu sais que ces hommes vont revenir, dit-elle. Et s'ils arrivent à rentrer, ils te tueront.

— Peut-être.

— Tu es un idiot. Laisse-moi sortir, et on s'échappera ensemble.

Je tentai de nous imaginer. Pas sérieusement, juste pour m'occuper l'esprit. Je l'imaginai en bikini, ou même seins nus sur une plage mexicaine. Moi, en train de siroter un cocktail au rhum orné d'une petite ombrelle. Si on appelle ça des fantasmes, c'est bien parce que ce n'est pas la vie. Je devais continuer la mienne et prendre soin de mon fils. Et puis, franchement, combien de temps durerait un truc pareil avant qu'on se retrouve à court d'argent ou qu'elle me poignarde dans le dos ? Néanmoins, dans mes fantasmes, elle était plutôt chouette, nue, avec le ressac qui clapotait autour de nous.

— À quoi tu penses, cow-boy ?

— À rien. Je ne pense à rien.

Je m'assis au bureau et chargeai le fusil de chevrotine.

20

Amanda était partie avant que le café soit prêt. Je décidai de prendre une dose de caféine en son honneur et remplis un gobelet en plastique. Le café ne me ferait pas grand effet, mais je le bus quand même. J'avalai en grimaçant.

On aurait dit de l'acide de batterie.

À un moment donné, j'allais m'écrouler. Un homme ne peut pas tenir uniquement à l'adrénaline et à la caféine. Comment cela se produirait-il ? Serais-je en train de marcher, ou au beau milieu d'une phrase, et puis soudain mes yeux se fermeraient et je m'effondrerais en ronflant, tombant dans une sorte de coma express ? Ou bien ma tête exploserait-elle d'un coup en projetant de la cervelle à travers la pièce ?

Peu après qu'Amanda fut partie, j'entendis vrombir les moteurs dehors, et je me demandai s'ils avaient surveillé et attendu son départ.

Le revolver, lourd et rechargé, pendait à ma hanche. J'attrapai le fusil à pompe et éteignis la lampe de bureau. Je m'immobilisai dans l'obscurité et tendis l'oreille, serrant le calibre douze dans mes mains moites. Dans un coin de la pièce, l'ordinateur obsolète projetait un halo vert pâle vacillant. L'émetteur radio diffusait une autre lueur faible. Juste assez de lumière dans la pièce pour ne pas se cogner contre les meubles.

— Ils viennent pour toi, cow-boy.

La furie avait chuchoté si bas que je crus qu'il s'agissait d'une voix dans ma tête.

Les moteurs se turent et j'entendis claquer des portières de voiture. Je fis un pas vers la fenêtre, pour essayer d'apercevoir un mouvement à travers les stores fracassés qui pendaient toujours devant la vitre brisée. Je tentai en vain de calmer ma respiration, fus contraint d'aspirer l'air à pleins poumons tandis que mon cœur battait de plus en plus vite.

Je déglutis et j'attendis.

Allaient-ils se lancer brusquement à l'assaut en canardant à tout-va, ou tenter de me faire sortir en mettant le feu, comme l'avait dit Amanda ? S'ils avaient eu assez de couilles pour incendier la maison du chef, pourquoi pas le poste de police, après tout ? Ou peut-être allaient-ils s'approcher de deux directions à la fois. Je jetai un coup d'œil par-dessus mon épaule à la porte de la pièce du fond, pensai à l'autre porte qui donnait sur l'allée. L'avais-je verrouillée ? Je ne m'en souvenais pas.

Merde.

Je m'y rendis, le plus silencieusement possible. La pièce sentait l'huile de revolver et le café fort. J'avais dans la bouche un goût d'acide. Je tendis la main vers la poignée pour m'assurer que la porte était bien verrouillée.

Je me figeai.

La poignée tournait déjà, *putain*, tout doucement, si doucement que c'était j'imagine pour éviter de faire le moindre bruit, mais il y avait quand même ce très léger chuintement, que je n'aurais jamais entendu si je ne m'étais pas trouvé si près. Et peut-être que si j'avais eu un éclair de pensée lucide, au lieu de sentir mes tripes se nouer et mon cœur me remonter dans la gorge, j'aurais bloqué la porte de l'épaule juste le temps de verrouiller la poignée.

Mais je restais là, à regarder la poignée tourner, comme un crétin de base dans un film d'horreur de série Z.

Et puis quelqu'un entrouvrit la porte. Quelqu'un entrait.

Je retins mon souffle et reculai derrière la porte, en ramenant le fusil contre ma poitrine. La porte s'ouvrit vers l'intérieur, arriva à quelques centimètres de mon visage. *Laisse-le entrer. Et chope-le par-derrière.* Ouais. Ça semblait plutôt simple quand je me répétai le plan dans ma tête. Alors pourquoi sentais-je mes jambes se liquéfier? *Reste concentré, idiot.*

Il avança avec précaution, pour ne pas se faire repérer connement, mais le vieux plancher craquait sous ses pieds, un pas après l'autre tandis qu'il progressait lentement dans la pièce. Je vis d'abord son poing, serré autour d'un revolver à canon court, puis son bras et le reste à mesure qu'il se dirigeait vers la pièce principale du poste. Vu de dos, il aurait pu s'agir de Jason, ou peut-être d'un des autres frères. Trop sombre pour être sûr, de toute manière ils étaient tous à peu près bâtis pareils, celui-ci peut-être un des plus corpulents.

J'attendis deux secondes de plus, au cas où un autre frère entrerait derrière lui. Je ne voulais pas me retrouver coincé entre les deux. Une fois sûr qu'il n'y en avait qu'un, j'avançai d'un pas et braquai le fusil sur lui. *Te pose pas de question, tire,* me dis-je. *Appuie sur la détente.*

Non, fais-le correctement.

— Lâche le flingue.

J'avais parlé sans élever la voix, mais en essayant de prendre un ton de dur.

Ses épaules se soulevèrent et il s'immobilisa.
— Merde.
— Lâche ton flingue, tout de suite.
Il le laissa tomber.
Je me dis un instant que l'effet sonore serait cool et menaçant si je pompais une nouvelle cartouche dans le chargeur du fusil, mais bon, ça ne ferait qu'en éjecter une bonne.
— Maintenant je veux que tu te retournes gentiment, en douceur, et que…
Il fit volte-face en un éclair, agrippa le canon du fusil et l'écarta de lui. Si j'avais tiré, la décharge l'aurait raté, mais je ne pensai même pas à appuyer sur la détente. J'étais trop surpris. Le fusil à pompe vola dans les airs. Je reculai, bouche bée, sans doute pour dire un truc comme « Hé, arrête, c'est pas du jeu ». Mais aucun mot ne franchit mes lèvres.
Il était déjà sur moi et son poing s'abattit violemment sur ma bouche, écrasant mes lèvres sur mes dents. J'entendis une petite cloche sonner sous mon crâne. Le goût du sang, puis je pris un autre coup sur la mâchoire, qui m'envoya valser contre les casiers avant que je me dise qu'il était peut-être temps de répliquer, non ?
Je rentrai la tête dans les épaules et lui fonçai dessus, en le boxant à l'estomac. Mes poings n'eurent pas l'air de le gêner outre mesure, et il me balança un coup de genou dans les parties.
Des petits feux d'artifice multicolores explosèrent devant mes yeux et j'eus le souffle coupé net. Je reculai comme je pus, pour mettre un peu de distance entre nous, le temps de reprendre ma respiration. Sauf que je ne pouvais plus respirer. Quand j'essayai, ma gorge émit un drôle de son rauque.
Il n'allait pas laisser tomber et se précipita sur moi. Je

tâtonnai, cherchant n'importe quoi pour le frapper, et ma main tomba sur la poignée de la verseuse. Je lui en balançai le contenu, et le café chaud l'aspergea en pleine figure.

Il hurla, ramena ses mains sur ses yeux brûlés. Je lui brisai la verseuse sur le crâne, et cette fois il tituba en jurant. Je lui flanquai un coup de poing dans la tronche, rassemblai toutes mes forces et lui en flanquai un autre. Il s'effondra et ne se releva pas.

Je m'affalai dos au mur, aspirant l'air à pleins poumons. La douleur qui irradiait de mes couilles me donnait envie de vomir. J'avais aussi envie de pleurer, un peu, mais je me retins. Je m'accordai trente secondes de repos, puis je me redressai et appuyai sur l'interrupteur.

Ce n'était pas Jason qui gisait sur le sol, mais Matthew. Un peu plus gros, plus lent et plus bête que Jason, le plus jeune de la fratrie avant Luke. Je pris une paire de menottes dans mon casier, fermai un bracelet sur le poignet de Matthew et bouclai l'autre autour de la poignée d'un casier. Je ramassai le fusil et retournai en boitillant à l'avant du poste de police, juste à temps pour entendre l'enfer se déchaîner contre la porte d'entrée.

Ils devaient se servir d'une sorte de bélier, car chaque coup arrachait quasiment la porte de ses gonds. Au quatrième, la porte céda et plusieurs silhouettes se pressèrent à l'entrée, des fortes carrures toutes armées de fusils.

Je levai le mien et tirai.

Le poste entier résonna du coup de feu. La furie se mit à crier, tandis que le premier entré tressautait avant de s'écrouler tête la première. Un type que je n'avais jamais vu — un autre acolyte des Jordan, supposai-je. Je pompai une autre cartouche et tirai, mais les autres avaient déjà battu en retraite.

Une main s'insinua par l'encadrement de la porte et l'arme de poing arrosa le poste au petit bonheur. Je courus me jeter derrière le bureau. Des balles ricochaient un peu partout dans la pièce. Des stylos et des papiers dansèrent sur le bureau et volèrent en tout sens. Je redressai la tête, les yeux et le fusil juste au-dessus du bureau, prêt à dézinguer le premier qui franchirait la porte. Je n'avais plus l'intention de passer les menottes à quiconque. Désormais, je tirais pour tuer.

La fusillade connut une accalmie, et j'entendis des pas précipités, des voix étouffées.

Une forme orange vif traversa l'encadrement de la porte en décrivant un lent arc de cercle, atterrit sur le sol dans un bruit de verre brisé. L'essence se répandit et un mur de flammes jaillit comme par magie, éclairant tout le poste d'une infernale lumière dansante. La vague de chaleur me frappa de plein fouet et je priai pour qu'un autre cocktail Molotov ne suive pas, sinon la situation allait vite fait devenir intenable.

Je posai le fusil à pompe contre le bureau et attrapai le trousseau de clés, me précipitai vers la cellule de la furie et la déverrouillai, et j'ouvris la porte.

— Vite, à l'arrière !

Elle fila aussitôt en me passant devant.

Je lui agrippai le poignet et la tirai en arrière, dégainai le revolver de mon autre main mais ne le pointai pas sur elle.

— Tu es fou, s'écria-t-elle. Le feu…

— Prends l'extincteur sur le mur là-bas, dis-je en le lui désignant avec le revolver. Je te couvre.

— Si on fait vite, on peut s'enfuir.

Je pointai le revolver sur son visage.

— Prends ce putain d'extincteur !

Elle me décocha un regard haineux, mais elle ravala les

insultes qu'elle s'apprêtait à cracher et courut décrocher l'extincteur. Il y avait une goupille à détacher et une poignée à actionner. Elle eut d'abord du mal à s'en dépatouiller et je crus un instant que j'allais devoir poser le revolver pour lui montrer comment faire. Mais elle finit par piger le truc, pointa l'extincteur vers les flammes et actionna la poignée, déversant un blizzard blanc qui se mit à éteindre le feu petit à petit.

J'imagine que c'était ce qu'ils attendaient parce que Clay Jordan apparut soudain dans l'entrée avec un fusil de chasse à la main et le cala contre son épaule pour tirer.

J'appuyai trois fois sur la détente. Les deux premiers tirs éclatèrent des morceaux d'encadrement de porte, les échardes fusant autour de la tête de Clay. Au troisième tir, il lâcha son fusil pour agripper sa cuisse. Il jeta la tête en arrière et hurla. Je vis des mains surgir dans l'entrée pour le tirer en arrière.

La furie avait éteint une bonne partie de l'incendie et paraissait avoir la situation sous contrôle. Peut-être que si…

Une douleur aveuglante explosa à la base de mon crâne. Je titubai en avant, mais réussis à ne pas tomber, me retournai, tentai de lever le revolver mais il semblait peser une tonne. Je vis une plaque de métal s'abattre sur ma main, envoyant valser mon arme.

Je reconnus Matthew Jordan qui me dominait de sa carrure. À la lueur des flammes, je vis son oreille ensanglantée du coup que je lui avais donné avec la verseuse. Il était encore menotté à la poignée de porte du casier, qu'il avait arrachée de ses gonds et dont il se servait comme d'un club de golf. Il la tenait derrière lui, s'apprêtant à me balancer son swing dans la tronche.

Et eut le visage recouvert de mousse carbonique. La furie

continua à braquer le bec de l'extincteur sur Matthew jusqu'à ce qu'il finisse par se vider.

Il toussa, se frotta les yeux.

— Putain de salope.

— Je te devais ça, Matthew.

Je lui balançai un bon coup de pied dans les parties. De toutes mes forces.

Il laissa échapper ce petit couinement caractéristique et tomba à genoux. D'une main, il se frottait toujours les yeux. L'autre se plaqua sur ses couilles. Son visage tourna à l'écarlate, au point que je crus qu'il allait s'éclater un vaisseau.

Je ramassai mon revolver et l'en frappai sur le côté du crâne. Il s'effondra comme un poisson mort. Je levai le flingue pour le cogner encore, mais me retins. Ce n'était pas l'envie qui me manquait, mais non.

Je me tournai vers la furie.

— Aide-moi à le soulever. On peut le traîner dans la cellule et…

Elle m'enfonça l'extincteur vide dans le ventre. Je me pliai en deux, le souffle coupé, tombai à genoux, relevai les yeux juste à temps pour la voir disparaître par la porte du fond.

Je me redressai tant bien que mal, fis trois pas dans sa direction et m'arrêtai. Tant pis. Celle-ci s'en tirerait. C'était une criminelle, sans doute une meurtrière. La furie avait trempé dans un trafic d'êtres humains avec le Mexique. L'étoile sur ma chemise signifiait que j'étais censé l'attraper et la mettre sous les verrous. Mais elle m'avait aidé au moment où j'en avais eu besoin, juste quand Matthew Jordan allait m'exploser la tête. Au regard de tous les méfaits qu'elle avait dû commettre, ça ne pesait sans doute pas bien lourd dans la balance, mais pour l'instant j'allais devoir m'en contenter.

Et puis j'avais des problèmes plus urgents. D'autres frères Jordan qui voulaient me tuer. Et le poste de police brûlait toujours par endroits.

Je récupérai une couverture dans la cellule et m'en servis pour étouffer les dernières flammes qui léchaient le plancher. La pièce fut à nouveau plongée dans une quasi-obscurité, hormis les lumières de la rue qui s'infiltraient par l'entrée béante. Je traînai Matthew dans la cellule vacante et fermai la porte.

Le calme qui s'abattit soudain sur le poste me fit une impression bizarre. Je n'entendais même plus ronfler Karl, et je me demandai comment il avait pu continuer à pioncer malgré la fusillade et tout ce grabuge. Il faisait peut-être semblant.

Grand bien lui fasse.

Je pris le revolver et m'approchai de l'entrée, tendis l'oreille et tentai d'entendre quelque chose. Un instant, je crus — j'espérai — que les autres Jordan avaient mis les bouts. La blessure à la jambe de Clay les avait peut-être refroidis, assez pour qu'ils laissent tomber. Mais ils étaient toujours là : je les entendis élever la voix dehors, comme s'ils se disputaient.

Ils étaient sans doute en train de décider ce qu'ils allaient faire de moi. Peut-être un autre cocktail Molotov.

L'attente avait trop duré. J'attrapai le fusil à pompe, le rechargeai de chevrotine. Il était temps de passer à l'offensive. De foncer dans le tas.

21

Je devais agir vite.

Si j'hésitais plus longtemps, mes nerfs allaient lâcher ou j'allais m'évanouir de fatigue. Je n'avais plus beaucoup de jus, mais je n'allais pas abandonner, pas encore. Il fallait en finir. Je devais mettre un terme à tout ça. Alors je pris une profonde inspiration, puisai le peu d'énergie qui me restait, m'efforçai d'oublier les douleurs qui me parcouraient le corps.

Le moment était venu de flinguer quelques types.

Je passai par la porte du fond, sortis dans l'allée et pompai une cartouche dans la culasse. Je fis le grand tour au petit trot par la caserne de pompiers, débouchai sur Main Street et me redirigeai vers le poste. Je longeai les façades des bâtiments, trottinant dans l'ombre.

Je les vis juste devant, deux pick-up qui se faisaient face en bloquant Main Street, allumés pleins phares. J'aperçus Jason et Evan positionnés de chaque côté de l'entrée du poste. Ils étaient tous deux armés de fusils de chasse et semblaient s'apprêter à me donner l'assaut. Mais je n'étais pas à l'intérieur.

J'étais là, dehors.

Et j'allais frapper fort.

Je me précipitai vers eux, le fusil levé. Je parcourus une bonne distance avant que Clay m'aperçoive. Il était assis à l'arrière du pick-up le plus proche, le pied en appui sur une glacière, un bandage blanc autour de sa jambe blessée, avec une tache rouge qui avait suinté à travers. Il tourna la tête et ses yeux s'arrondirent comme des enjoliveurs lorsqu'il me vit foncer dans sa direction. La dernière ligne droite. Je courus aussi vite que possible tout en gardant le fusil braqué devant moi.

Clay se redressa, tendit le bras vers le fusil de chasse qui se trouvait sur le plateau du pick-up et perdit l'équilibre, tomba de la camionnette et heurta le bitume avec un grognement. Il se releva et sauta à cloche-pied pour atteindre le fusil.

Je tirai avec le calibre douze.

Le fusil à pompe tressauta dans mes mains, aspergeant de chevrotine le torse de Clay. Il convulsa comme s'il venait de se prendre un million de volts, s'effondra par terre et resta assis là — un gros tas de chair morte.

Jason et Evan me repérèrent. Je les regardai, nos regards se croisèrent et aussitôt ce fut là, comme si le contact oculaire avait suffi à déclencher une charge primitive, animale.

Je repris ma course, en pompant des cartouches, tirant et pompant encore. Je criai, en déchaînant une tempête de chevrotine, en crachant le feu. Le bruit de tonnerre secoua la ville entière. Ils se mirent eux aussi à courir vers moi, en hurlant comme des fous. Un putain d'assaut final, en forme de feu d'artifice.

Le fusil à pompe et la chevrotine me donnaient l'avantage. Eux couraient maladroitement, tout en tirant et en peinant à actionner le levier de leurs fusils de chasse pour recharger. Essayez donc de courir et de tirer à la fois. Les tirs partaient dans tous les sens, et je me fichais presque de toucher quelqu'un ou pas. Je voulais du sang et de la fureur. En finir là, maintenant, une bonne fois pour toutes. Pomper, tirer, pomper.

À six mètres de distance, j'effaçai le visage d'Evan dans une horrible bouillie de sang et de chair. Je pompai, braquai le fusil sur Jason. La suite se déroula comme au ralenti. Il s'échinait sur le levier de son fusil, avec des yeux de lapin terrorisé. Je vis toutes ses erreurs passer sur son visage. Il savait. La peur l'avait rendu lucide. Il savait à cet instant précis qu'ils avaient fait une connerie, qu'il allait la payer et qu'il allait crever, salement.

Mais il n'abandonna pas. Je dois lui accorder ça. Il jouait le jeu jusqu'au bout. Il actionna le levier, tenta de relever le fusil à la bonne hauteur pour un dernier tir. Il aurait peut-être de la chance. Je fis feu à hauteur de hanche, et un geyser de sang jaillit du torse de Jason. Le fusil de chasse vola. Il tomba en arrière, lentement, comme s'il s'affalait dans du coton. C'est l'impression que ça me fit. Il heurta le sol et rebondit. Il gisait là, les yeux grands ouverts.

Je crus qu'il était mort, mais il eut soudain un violent soubresaut, inspira fort. Il toussa et s'étouffa.

Je m'agenouillai près de lui, sans même me sentir en colère. Je ne sentais plus rien.

Les yeux troubles de Jason se focalisèrent sur moi.

— Toi…

— Moi.

— Espèce… de sale… enculé.

Il respirait faiblement, du sang s'écoulait de ses lèvres. Je pouvais presque entendre grincer ses tripes et ses poumons, les rouages d'une machinerie cassée tournant quelques secondes encore.

— Pourquoi tu penses que j'ai tué Luke, Jordan ?

— On sait tous que c'était… toi… fils de…

Il fut pris d'une quinte de toux, qui envoya des spasmes dans tout son corps.

— Pourquoi ?

— Appelle… une ambulance.

J'empoignai des deux mains la chemise de Jordan, décollant sa tête du sol.

— Si j'ai tué Luke, pourquoi ? Vous m'avez pourchassé pour ça, non ? OK alors, dis-moi pourquoi.

— Fais pas… l'idiot.

Jason se remit à tousser, une écume de sang coula de sa bouche sur son menton, tandis que son visage pâlissait à vue d'œil.

Je le secouai brutalement, ses globes oculaires roulaient dans ses orbites.

— Je t'ai posé une question, Jordan.

— Tu sais… pourquoi, dit-il enfin. Luke et Doris. Jaloux, alors tu l'as… tué…

Il se figea, comme si quelqu'un avait appuyé sur le bouton pause de son visage. Et tout à coup il avait l'air en plastique, ses yeux comme du verre. Je cherchai un pouls. Rien. Je le rallongeai sur le sol et poussai un soupir. Étrangement, il avait l'air plus petit, comme s'il avait rapetissé là, sur la route, au moment même où la vie l'avait quitté.

J'observai son visage. J'y cherchai le fameux rictus des Jordan. J'aurais voulu retrouver le regard enragé que j'avais vu des années auparavant lorsqu'il avait tabassé ce gamin, Mark, devant le Tastee-Freeze. C'était le Jason Jordan que j'avais espéré tuer, l'animal, la brute sauvage. Le Jason qui méritait d'être flingué en pleine rue.

Mais tout ce que vis, ce fut de la peur. La dernière expression sur le visage de Jason Jordan, ses yeux qui fixaient le vide, le regard figé sur ce grand inconnu qui lui arrivait dessus. Je ne voulais même plus avoir de réponses à mes questions. J'en avais déjà obtenu trop de mauvaises. Il ne restait plus rien à faire, hormis ramasser les cadavres et nettoyer la rue de tout ce sang.

Des gens commençaient à sortir de chez eux, emmitouflés dans leurs robes de chambre, chaussant leurs lunettes. Je ne sais pas pourquoi, mais je me sentis gêné qu'ils me regardent. Cela dit, à leur place, moi aussi j'aurais été curieux.

— Rentrez chez vous ! criai-je. La situation est sous contrôle.

Je pris la pose, fis un vague geste censé vouloir dire « tout est OK », en espérant qu'ils s'exécuteraient sans demander leur reste.

— À quoi tu joues, Toby ? Où est le shérif ?

C'était Richard Macon, le propriétaire de la quincaillerie.

— Le chef ne va pas tarder, leur répondis-je. Au nom de la police de Coyote Crossing, je vous demande de tous rentrer chez vous.

— Je te connais depuis que tu as six ans, Toby Sawyer, dit Macon. Alors maintenant, tu vas me dire ce qui se passe, bon sang de bonsoir.

— Vous me connaissez, et je vous connais, monsieur Macon. Mais ce soir, je représente la loi, dis-je en désignant du pouce l'étoile en fer-blanc épinglée à ma chemise. Alors bougez vos fesses et rentrez chez vous, fissa.

Ce qu'ils firent.

Ils grommelèrent et regardèrent bouche bée les cadavres

dans la rue, mais ils partirent. Bientôt, les portes se refermèrent. Je ne vis plus que quelques visages épier derrière les rideaux. J'avais peut-être réussi à faire preuve d'une sorte d'autorité sur eux, ou bien mon mensonge selon lequel le chef était en route avait suffi. Ou, tout simplement, peut-être que lorsqu'un type avec un flingue vous dit de faire quelque chose, vous obéissez.

Je ramassai le fusil à pompe et le posai sur mon épaule, j'aspirai une grande bouffée d'air nocturne. La nuit. Elle s'achevait presque. Le soleil allait bientôt pointer à l'horizon. Oui, la nuit touchait à sa fin. Tout était fini. Plus de frères Jordan. Plus de contrebandiers mexicains. Avec le jour, ce serait au tour des retombées. La police d'État allait débarquer avec ses techniciens et un tas de questions ardues auxquelles j'étais loin d'avoir toutes les réponses.

Bon Dieu.

Je rêvais d'un bon lit. De dormir cent heures d'affilée.

Je retournai au poste et fis un essai avec le téléphone, mais toujours rien. L'endroit empestait toujours le cramé. C'était un sacré bordel.

— Bon Dieu, gamin, mais qu'est-ce que t'as foutu là-dedans ?

Au son de la voix dans mon dos, je sursautai brusquement, me retournai et le vis émerger de la pièce du fond.

— C'était une putain de nuit, hein, fiston ? dit le shérif Krueger. J'imagine que tu dois te poser une ou deux questions.

22

Je n'avais plus rien quand je suis revenu à Coyote Crossing. Rien, excepté un mobile home délabré et une pierre tombale avec ma mère dessous. Frank Krueger s'était conduit comme une sorte de grand-oncle un peu bourru. Le chef avait connu mon père — pas beaucoup, mais un peu. Je lui avais dit que je me débrouillerais pour sortir diplômé de l'école et il m'avait refilé ce job à mi-temps, histoire que je puisse me payer mes bières et mes cigarettes jusqu'à ce que je parte. Il m'avait tout de suite accordé sa confiance, ce qui m'avait redonné un peu de fierté à un moment de ma vie où je n'avais plus grand-chose à quoi me raccrocher.

Mais je n'étais pas parti. C'était ce qui était prévu, seulement ce n'était pas arrivé. J'étais resté. Krueger avait dû avoir l'impression de se retrouver coincé avec un idiot sur les bras, mais il n'avait fait aucun commentaire. Et il ne m'avait jamais traité comme s'il me faisait la charité. Oui, bien sûr, je m'étais tapé le sale boulot et les patrouilles de nuit merdiques. Mais le chef ne s'était jamais comporté comme s'il laissait des miettes à une andouille. Alors que c'était plus ou moins le cas.

Néanmoins, la situation semblait avoir changé, à présent qu'il me faisait face en pointant un pistolet sur moi.

Je secouai la tête, tentai de m'éclaircir les idées. J'étais si fatigué.

— Chef ?

Le chef fit *tsk-tsk* et secoua la tête aussi, mais plutôt avec tristesse, comme s'il devait se résoudre à abattre un poney qui s'est cassé une patte.

— Tu n'as pas pu te contenter de rentrer chez toi et de te mêler de tes oignons, hein, fiston ?

Merde.

— C'est vraiment toi qui as descendu tous les frères Jordan ? fit-il avec un petit gloussement. Bon Dieu, gamin… Jamais j'aurais pensé que tu avais les tripes.

Je l'observai et constatai :

— Vous ne portez pas votre chapeau.

— Hein ?

Il passa sa main dans ses cheveux clairsemés, poivre et sel.

— Ah, oui, fit-il avec un sourire. Il a été sali.

— Je croyais que le sang… Ce n'était pas le vôtre.

— Non, dit Krueger. Je me suis sali les mains et j'en ai mis sur le rebord. Tu as dû te faire une fausse idée.

— C'est vous qui avez mis le feu à votre maison, n'est-ce pas ?

— Je voulais qu'ils fouillent dans les décombres à la recherche de mon cadavre, dit-il. Gagner un peu plus de temps pour me tirer d'ici, trouver un endroit où me planquer.

Je sentis quelque chose de froid et lourd comme du plomb me grossir dans le ventre.

— Alors vous étiez de mèche avec les Jordan et les Mexicains, depuis le début.

— Bon Dieu non, dit Krueger. Plutôt faire bosser une bande de chimpanzés que les frères Jordan. C'était juste

Luke. Parfois, on le prenait comme chauffeur, et pour fermer sa gueule. D'habitude, cet abruti de fils de pute arrivait à tirer de sa petite cervelle assez de jugeote pour toucher son fric, s'occuper de son cul et ne pas causer d'ennuis.

— Mais pas ce soir.

— Non, pas ce soir, admit Krueger, qui soupira. Il a fallu que ce bâtard d'obsédé fasse le con avec la sœur d'un des *banditos*. J'aurais dû m'y attendre. Luke était une vraie bite sur pattes. Mais j'imagine que tu sais déjà tout ça.

Je mobilisai toute mon énergie pour lui renvoyer un regard vide.

— Non, je ne vois pas de quoi vous parlez.

Il eut un sourire triste, secoua la tête, et juste pour une minute le vieil oncle pittoresque était de retour.

— Non, j'imagine que non. C'est bien. Mais bon, de toute manière, Luke Jordan s'est fait tuer.

— Avec les clés du camion dans sa poche, ajoutai-je.

— Je suis retourné auprès de Luke avec un sac mortuaire, et je l'ai emballé comme si c'était la procédure normale. Je ne voulais pas qu'on me voie en train de le fouiller. Il y avait des gens qui zieutaient par leur fenêtre. Et je ne voulais pas que les clés se retrouvent coincées avec les pièces à conviction. Alors je l'ai ramené chez moi. Luke était censé filer les clés à Billy avant d'aller picoler au Skeeter's.

Un bref instant, le chef parut peiné.

— J'ai vu le corps de Billy. Tu l'as sacrément amoché.

— Il l'avait cherché.

— Je peux comprendre, dit Krueger. C'est juste que c'est un putain de gâchis, c'est tout. Toute cette histoire est un putain de gâchis, y a pas à chier. Si les choses avaient tourné un tout petit peu autrement… mais bon, c'est pas le cas, et on en est là. Un gâchis.

— C'est quoi, le gâchis, chef? Que Billy soit mort, ou que vous ne puissiez plus continuer votre trafic de clandestins?

— Dis, pas la peine de monter sur tes grands chevaux, Toby. Je me suis toujours occupé de mes gars. Ce qui est arrivé à Billy me fait de la peine. Ç'aurait été la même chose pour toi. De toute manière, le trafic était sur le point de s'arrêter. Ce gang de Mexicains leur fait traverser la frontière, ils passent par ici et après ils se dispersent un peu partout. Certains vont travailler dans les mines à l'ouest, d'autres ailleurs, dans les champs. Ici, c'était juste un bled tranquille au milieu de nulle part, une halte pour changer de chauffeur, et donner à boire et à manger aux clandestins. Mais les fédéraux se sont mis à renifler la piste plus au nord, et la police des frontières resserre les mailles dans le Sud. C'est devenu trop risqué. Dommage qu'on n'ait pas tout arrêté un peu plus tôt. On aurait pu s'éviter des ennuis.

Des ennuis. Je comprenais maintenant la réaction de Roy quand il avait vu son camion tout défoncé, et que je lui avais dit qu'il avait eu des petits ennuis. Le putain d'euphémisme de l'année.

Je désignai son arme du menton.

— Et maintenant, il se passe quoi?

— Il se passe que je vais devoir prendre la poudre d'escampette, dit Krueger. Pas moyen de couvrir ce bordel. Tu as eu une nuit chargée. Mais je ne te reproche rien. Non, rien du tout. Parfois, les trucs merdent, et on n'y peut rien, dit-il en haussant les épaules. Je ne t'en veux pas.

— Si vous ne m'en voulez pas, vous pouvez peut-être baisser le flingue.

— Non, désolé, fiston, mais je ne peux pas faire ça. Je vais te descendre, pour sûr, mais c'est purement pratique, et pas parce que je suis furax contre toi. Promis. C'est juste qu'il n'y a pas d'autre solution.

Mon cœur s'effondra dans ma poitrine, mais je ne pus m'empêcher de me dire qu'au moins c'en serait fini. Cette longue nuit de souffrance allait enfin se terminer. Quelqu'un appellerait peut-être Doris pour lui dire de venir chercher le petit. Penser à mon fils déclencha cette tension derrière les yeux que je ressentais avant de me mettre à pleurer.

Oh mon Dieu.

— Désolé, fiston.

Et Krueger avait vraiment l'air désolé. Désolé, vieux et fatigué.

— Mais je dois penser à moi maintenant, et c'est la solution la plus simple.

Il leva le pistolet, et je sentis une grosse larme chaude rouler sur ma joue.

— Arrêtez tout de suite, chef.

Amanda était entrée par-derrière, elle tenait le chef en joue et avançait lentement. J'aurais pu l'embrasser.

— Ça devient une habitude de te sauver la peau, Toby, dit-elle. Tu ferais peut-être mieux de…

Sans hésiter, le chef fit aussitôt volte-face en braquant le pistolet. Amanda tira. Le pistolet sauta de la main de Krueger. Il grogna, serra les dents et ramena sa main blessée contre son torse. Son visage pâlit, son front se couvrit de sueur. Sa respiration s'accéléra, lourde, comme s'il venait de courir un quinze cents mètres.

— Vache de tir, dit Krueger.

Parler lui demandait un sacré effort. Du sang s'écoulait de sa main blessée.

— On aurait dit Wyatt Earp.

— Je visais la poitrine, lâcha Amanda.

Krueger eut un petit rire.

Elle me jeta un coup d'œil.

— Ça va, Toby ?

J'acquiesçai.

— Mais c'était moins une.

Elle me rejoignit en contournant Krueger, son arme toujours pointée sur lui. Elle alla s'adosser à la cellule, fouilla sa poche à la recherche des clés.

— On va le mettre ici, et après on appellera le docteur pour…

Un bras jaillit entre les barreaux de la cellule et s'enroula autour de la gorge d'Amanda. Une autre main agrippa son poignet, le força à pointer le pistolet au plafond. Elle lutta, mais les bras puissants la maintenaient plaquée contre les barreaux. Amanda devint écarlate, sa main fine tirant en vain sur l'avant-bras massif de Karl.

Je me tournai, prêt à bondir vers mon revolver sur le plancher.

Même blessé, le chef fut plus rapide.

Il se relevait déjà de l'endroit où il s'était agenouillé en dégainant un petit pistolet d'un holster de cheville, sans doute le .32 que je l'avais déjà vu nettoyer une fois, un jour où il n'y avait pas grand-chose à faire au poste. Ce n'était pas une arme puissante, mais c'était largement suffisant pour me transformer en macchabée.

Impuissant, je regardai Amanda ruer, se tortiller, puis se relâcher. Karl la libéra et elle glissa au sol.

— Elle est morte ? demanda Krueger.

— Non, lui dit Karl. Je lui ai juste refilé un somnifère.

Karl boitilla dans sa cellule en se tenant aux barreaux.

— Tu peux marcher ?

— Rien à faire, dit Karl. Cette salope m'a bien eu. Je suis tout raide d'un côté, de haut en bas. Je pourrais pas faire deux pas.

— C'est vraiment dommage.

Le .32 fit feu à deux reprises, et les yeux de Karl s'élargirent tandis qu'il tombait en arrière sur sa couchette, rebondissait et s'effondrait sur le sol de la cellule.

— Pourquoi vous avez fait ça, bon Dieu ? demandai-je.

— J'ai besoin d'une paire de jambes valides, et puis Karl aurait voulu sa part du butin.

— Vous auriez pu lui laisser.

— C'est ce que j'aurais fait si la situation n'avait pas autant dégénéré, dit Krueger. Mais les choses ont changé. Pour vivre en cavale, j'aurai besoin de chaque dollar. Je vais peut-être essayer d'aller au Mexique. Hé, il y a un truc ironique là-dedans, non ? Tout ce temps, je faisais passer des clandestins mexicains au nord. Et là, je vais me faire passer clandestinement au sud.

Il regarda les corps gisant à terre et soupira. Je poussai moi aussi un soupir. Que dans un laps de temps si court le poste ait été incendié, ravagé, le plancher jonché de corps, c'était surréaliste — une des expressions favorites de Molly.

— OK, dit Krueger. Il est temps de reprendre la route, fit-il en désignant la porte du fond avec son pistolet. Allons-y.

— Qu'est-ce que vous me voulez ?

— Je t'ai dit que j'avais besoin d'une paire de jambes valides. Et aussi de deux bras, ajouta-t-il en tenant sa main ensanglantée. J'ai besoin que tu transportes un truc pour moi dans la voiture.

— Et après vous me tuez ? Pas question.

— OK, je ne te tuerai pas, dit-il. Si tu m'aides, je te bouclerai dans la cellule. Ça me laissera un temps d'avance.

— Et je suis censé vous croire ?

— Je pourrais te tuer là, en finir avec le suspense, et me débrouiller comme je peux avec un bras.

Je me dirigeai vers la pièce du fond, avec le chef dans mon sillage.

— OK, dit-il. Le coffre-fort. Je vais te donner la combinaison, tu vas la taper.

Il me dit les chiffres et j'entrai le code.

— Ouvre-le.

Je l'ouvris.

Je ne pensais pas qu'il me restait assez d'énergie pour être surpris par quoi que ce soit. Je me trompais. Le coffre-fort était rempli jusqu'à la gueule, de haut en bas et jusqu'au fond, de grosses liasses de billets. Difficile de ne pas être impressionné. Je pourrais m'échiner toute ma vie à bosser sans jamais voir autant d'argent.

— Dans le dernier casier, il y a un sac de gym, me dit il. Remplis-le.

C'était un sac bon marché, rouge vif, l'inscription *Razorback Pride* sur le côté, avec le logo du cochon sauvage de l'Arkansas. J'ouvris la fermeture Éclair et commençai à le remplir. Aucun des billets n'était neuf. Froissés, de valeurs diverses : cinq, dix, vingt dollars. Avec cette diversité, il n'était pas évident d'en estimer le montant total, mais ça faisait un sacré paquet. Je fourrai la dernière liasse dans le sac, que je refermai. Les billets rentraient à peine dans le sac bourré à craquer.

— Bien, dit Krueger. Maintenant, dans le même casier, sors le porte-documents. Il y a plein de noms et de détails embarrassants là-dedans. Je vais sans doute en brûler la plupart, mais je dois parcourir tout ça avant.

Je retournai au casier, pris le porte-documents.

— Bon, embarque tout ça et sortons dans l'allée. Je suis garé juste derrière.

Je sortis devant lui, avec la sensation d'avoir une grande cible attachée dans le dos. Je m'attendais à voir sa voiture de patrouille, mais c'était sa bagnole personnelle, une grosse Chrysler luxueuse d'un an à peine. Le chef n'était pas le genre de type à conduire un pick-up.

— Va te mettre de l'autre côté de la voiture.

J'obéis.

Il plongea sa main au fond de sa poche, en tenant toujours le pistolet, et avec son petit doigt y pêcha un trousseau de clés. La manœuvre n'était pas commode, mais il n'avait pas l'intention de lâcher le pistolet et ne pouvait pas se servir de son autre main.

Il sortit les clés et me les balança. Elles me rebondirent sur le torse et tombèrent par terre. Je posai le sac de fric et le porte-documents, me baissai et ramassai le trousseau.

— Ouvre le coffre, dit Krueger. Charge-le.

J'ouvris le coffre, ramassai les dossiers et l'argent. J'avais l'impression de me mouvoir dans de la boue, les bras et les jambes froids comme de la pierre. C'étaient les derniers instants de ma vie. Soulever le sac, déposer le porte-documents, fermer le coffre. Mes derniers actes sur cette terre. J'avais le plus grand mal à respirer, comme si le souffle de la vie me quittait de son propre chef avant même que Krueger n'appuie sur la détente. Une petite voix me chuchotait de lui sauter dessus, de me mettre à courir, ou n'importe quoi. Mais je n'en fis rien, impossible de me résoudre à faire autre chose qu'obéir.

Quand le coffre se referma avec un *thunk*, on aurait cru entendre se fermer le couvercle d'un cercueil de métal froid.

— OK, recule maintenant, dit Krueger.

On se tourna autour dans l'allée étroite, échangeant nos places, lui revenant auprès de sa voiture, moi reculant jusqu'à la poubelle près de la porte du poste. On se regarda un moment, tandis que le ciel se teintait d'une vague lueur orangée. Le soleil se levait sur un nouveau matin, la lumière s'infiltrait dans le monde, qui reprenait lentement des couleurs. Le chef était d'une pâleur cadavérique, les cheveux à présent complètement trempés de sueur. Je ne pensais pas qu'il tiendrait le coup longtemps en cavale, à moins peut-être qu'il connaisse un docteur quelque part qui lui doive un service.

Mais j'avais beaucoup de mal à me projeter au-delà de l'allée et du .32 dans le poing du chef.

— Vous n'allez pas me ramener à l'intérieur pour m'enfermer dans la cellule, hein, chef?

Il lâcha un soupir.

— Non. Je ne crois pas.

— Vous allez me tuer là.

Il hocha la tête.

— Je t'aime bien, Toby. Je pense que tu aurais pu mûrir et devenir quelqu'un. C'est juste du business. Je dois prendre le large avec le moins de soupçons possible, sans laisser un témoin derrière moi pour répondre aux questions.

Je cogitai pour trouver un élément d'une logique imparable afin de le convaincre de me laisser vivre, mais la seule chose qui me vint à l'esprit fut :

— S'il vous plaît…

— Désolé, dit Krueger. Je ferai de mon mieux, propre et rapide. Tu veux te retourner ? Ce sera peut-être plus facile si tu ne vois pas.

Sur le moment, tous les westerns que j'avais vus, toutes les BD que j'avais lues, tous ces clichés héroïques s'évanouirent. À cet instant précis, je ne voulais pas voir le coup venir. L'image d'une balle me traversant le nez déclencha chez moi un accès de nausée. J'étais un lâche et je m'en fichais.

— OK, attendez. L-laissez-moi…

Je détestais la manière dont ma voix tremblait.

— Laissez-moi me tourner.

— OK, alors vas-y.

Je me retournai, et c'est là que mes genoux cédèrent, simplement. La tête me tournait. La peur, la fatigue, la détresse avaient fini par m'abattre. Je me rattrapai à la poubelle métallique, restai dans cette position un moment.

— Attendez, dis-je. S'il vous plaît, pas dans le dos. Laissez-moi me relever, comme un homme. Je peux au moins faire ça.

— Je comprends. Relève-toi.

M'appuyant sur la poubelle, je me redressai, d'abord lentement.

Puis je fis volte-face et tirai avec le pistolet vert en plastique.

L'ammoniac lui aspergea les yeux. Il poussa un cri de douleur, fit feu, mais je m'étais déjà accroupi et lui fonçais dans les jambes. J'eus l'impression de me jeter contre un tank, mais je le fis tomber et je me retrouvai au-dessus, bloquant son poignet, celui qui tenait l'arme. De ma main libre, j'enfonçai le pouce dans le trou laissé par la balle au milieu de sa paume.

Il hurla et réussit à me renverser, mais il lâcha du même coup le pistolet.

Je le récupérai, me relevai et reculai de trois pas. Il se leva à son tour, serrant contre lui sa main blessée. On se fixa du regard un moment, pantelants.

— Bon, OK, finis-je par dire, reprenant mon souffle. On va rentrer et vous mettre en cellule.

Krueger secoua la tête.

— Non.

— Je vous dis que…

— La prison n'est pas une option, gamin. C'est non.

Il marcha vers moi.

— Ne bougez plus.

— Tu vas devoir faire un choix.

Il accéléra soudain et se jeta sur moi, sa main valide me prenant à la gorge.

Je me débattis sous son étreinte, tentai de me libérer de sa poigne avec ma main libre.

— Me forcez pas… à tirer…

Sa main serra plus fort, me privant d'oxygène.

— Ne…

J'appuyai le canon du pistolet contre son torse.

— Soit tu as les couilles pour le faire, soit non, mon garçon. Mais c'est comme ça que ça finira, d'une manière ou d'une autre.

Un sifflement dans mes oreilles.

Ma vision se brouilla et tout devint noir, ma bouche s'ouvrait et se fermait… pour essayer… de trouver…

De l'air.

Bang.

23

Quand mes yeux se rouvrirent, j'étais allongé sur le dos dans l'allée. Je m'assis. J'avais l'impression que ma gorge était remplie de gravier brûlant. Le chef gisait à côté de moi, un trou au milieu de la poitrine. J'agrippais toujours le petit pistolet. Je le fourrai dans ma poche, me redressai. J'avais les jambes en coton, la tête qui tournait.

Étais-je resté évanoui dix secondes ou dix minutes ? Qu'importe, je retournai dans le poste, balançai le .32 sur le bureau et m'agenouillai auprès d'Amanda. Elle semblait respirer normalement. Des bleus se formaient déjà autour de sa gorge. Je me demandai si j'allais avoir besoin des services de Doc Gordon, espérant que par miracle le téléphone se serait peut-être remis à fonctionner. Je lui donnai des petites tapes sur les joues. Je dus la secouer un peu, mais elle finit par revenir à elle.

— Ça va ?

Elle acquiesça.

— Un peu étourdie, mais ça ira. Où est le chef?

— Dans l'allée.

— Où tu vas ?

J'avais empoigné le fusil à pompe et me dirigeais déjà vers la porte.

— J'ai un truc à faire.

Elle me cria quelque chose, mais je ne l'écoutai pas.

J'étais sorti dans Main Street avant qu'elle puisse m'arrêter. Je ne pensais pas avoir vraiment l'utilité d'un fusil cette fois, mais je n'imaginais plus me déplacer où que ce soit sans arme, jamais. Le soleil était levé. Il y avait des gens dehors.

Wayne Dobbs tenta de me stopper sur le trajet.

— Bon Dieu, mais qu'est-ce qui s'est passé, Toby ? Des gens disent qu'il y a eu une fusillade.

— C'est fini maintenant. Sous contrôle.

Je ne ralentis même pas.

Je croisai Roy et Howard qui arrivaient en sens inverse.

— Je peux rentrer chez moi maintenant ?

— Trente minutes, Roy.

Je continuai à marcher.

J'atteignis la rue de Molly, j'entendis le vacarme d'un vieux moteur, je me retournai pour regarder.

Un vieux bus scolaire quittait la ville. Les clandestins mexicains penchaient la tête aux fenêtres, des visages d'hommes, de femmes et d'enfants. J'aperçus mon pote fumeur. Il me salua de la main en passant. Je lui retournai son salut mais ne m'arrêtai pas.

Quand j'arrivai chez Molly, je pénétrai dans la maison le plus discrètement possible.

Le petit dormait toujours sur le canapé, un petit filet de bave au coin de la bouche. Les larmes me montèrent aux yeux — il était si beau.

J'allai dans la salle de bains, je fis couler le robinet et bus dans mes mains. L'eau rafraîchit ma gorge à vif. Il y avait un petit miroir près du lavabo. Molly s'en servait sans doute pour se maquiller. Je le pris et le ramenai dans le séjour.

Je m'assis par terre, près du canapé, je scrutai le visage du petit, puis le mien dans le miroir. Je tentai de retrouver en lui certains de mes traits. Les oreilles, le nez, la forme de ses joues, le menton. Nourrisson, il avait les cheveux noirs, mais ils s'étaient éclaircis d'année en année, avec des nuances de blond. J'examinai de nouveau mon visage dans le miroir. Ensanglanté, amoché et sale.

— Il n'a pas arrêté de dormir.

Je levai les yeux, vis Molly entrer dans la pièce. Elle avait passé un jean.

— Tu vas bien ? demanda-t-elle.

— Je crois, oui. C'est fini.

— Il faut que je te parle, Toby.

Je me levai, posai le miroir sur la table basse.

— OK.

— Je crois… et ne te mets pas en colère, s'il te plaît, Toby… je crois qu'on devrait arrêter de se voir.

— OK.

— C'est juste que, tu vois, cette histoire avec Roy, et toute cette nuit complètement dingue, et moi je vais bientôt partir à l'université.

— Je sais. C'est OK.

— Je suis vraiment désolée.

— Je ne veux pas que tu te sentes mal à propos de ça, dis-je. On savait tous les deux que tu allais partir. Aller à l'université. Quitter cette ville. Vivre autre chose.

Un vague sourire flotta aux coins de ses lèvres, mais ne s'épanouit pas plus loin.

— Merci, Toby.

À son départ, elle laisserait un vide en moi, une zone à vif ; j'allais me sentir seul, le contact de sa peau, sa présence à mes côtés me manqueraient. Mais penser à son départ n'était pas aussi dur que je l'aurais cru. Je trouvais même ça juste, ce qui était une bonne chose car elle allait partir de toute façon, que je trouve ça juste ou non.

Et puis il y avait autre chose. Une fois partie, je la regretterais sans aucun doute, mais je me sentirais aussi un peu soulagé.

— Merci d'avoir gardé TJ. Je n'avais personne d'autre.

— Il a dormi.

— Merci.

Je me penchai et soulevai le petit. D'un bras je le serrai contre moi, et il enfouit sa tête sous mon menton, babillant, toujours ensommeillé. De l'autre main je récupérai le fusil.

— Roy sera bientôt là, lui dis-je. Mais je pense qu'il te laissera tranquille. Évitez juste de vous marcher sur les pieds jusqu'à ce que tu partes.

— Ne t'inquiète pas.

— Au revoir, Molly.

— Au revoir, Toby.

Je me demandai alors si je devais l'embrasser sur la joue, ou un truc comme ça, mais je n'en fis rien.

Je sortis sans savoir où j'allais. Ma Nova était sur le capot et j'étais bien trop loin de mon mobile home pour rentrer à pied. Je repris la direction du poste de police.

En descendant Main Street, je vis les gyrophares. Deux voitures de patrouille de la police d'État — non, trois. Elles s'étaient rangées tout autour des pick-up des Jordan, dans un affolement de lueurs bleues et rouges, et la rue s'était remplie de badauds qui ne pouvaient s'empêcher de venir voir la scène. C'était beaucoup trop pour cette petite ville, comme un carnaval tournant à l'orgie sanglante. Tout le monde voulait grappiller une miette du spectacle.

Il y aurait des questions pénibles. Des accusations et des blâmes. Mais le petit était sain et sauf, et j'étais en vie. J'avais survécu à cette longue, longue nuit.

Je calai le petit au creux de mon bras, posai le fusil sur mon épaule et marchai vers les lumières.

Mon garçon était sain et sauf. Mon fils.

Le mien.

Et Dieu vienne en aide à quiconque dirait le contraire.

ÉPILOGUE

Un an plus tard

J'entrai dans le poste de police, je passai devant Amanda à l'accueil. Encore une longue garde de nuit qui se finissait.

— Il faut que je te parle, Toby.

— OK. Je peux me prendre un café d'abord ?

— Pas de problème.

Je me rendis dans la pièce du fond et me versai du café tout juste passé dans la nouvelle cafetière argentée de luxe. L'appareil était équipé d'une minuterie, que je réglais toujours sur cinq minutes avant mon retour, afin d'avoir du café frais. J'avais acheté la cafetière avec ma première paie, juste après mon passage à plein temps. Je prenais du bon café aussi. Colombien.

Je remplis mon mug, retournai à l'accueil et m'affalai dans la chaise en face d'Amanda.

— Comment c'était ce soir dehors ? demanda-t-elle, sans lever les yeux de sa pile de paperasse.

— J'ai chopé des jeunes qui glandaient en voiture et je leur ai dit de rentrer chez eux.

— La grande vague de crimes habituelle. Rien d'autre ?

— Non, c'était barbant.

— Bien. Mme Carmichael a appelé pour se plaindre de

chiens qui fouillent dans ses poubelles. Garde l'œil ouvert, si tu croises des chiens errants, OK?

— D'accord.

On recevait une plainte de ce genre deux fois par mois. J'allais sans doute faire ce que je faisais toujours dans ce cas. Rien du tout.

— Comment ça marche avec cette femme indienne?

— Alice. Bien, dis-je. Le petit l'aime bien, et elle a des horaires plutôt flexibles. Je la paie correctement.

— On dirait que ça roule alors.

— Ouais.

Depuis cette nuit infernale, Molly était partie à l'université. À San Francisco, en fait. J'avais reçu d'elle une seule lettre, où elle m'écrivait à quel point c'était génial et que je devrais aller lui rendre visite. Je n'avais pas répondu à cette lettre et n'en avais pas reçu d'autre. Quant à Doris, elle n'avait plus donné le moindre signe de vie. *Nada.* Dieu lui vienne en aide si un beau jour son instinct maternel se réveillait et la faisait revenir pour le petit. Qu'elle essaie, juste.

Les quatre frères Jordan avaient été enterrés ensemble un samedi, en présence de la douairière Antonia, majestueuse en noir. Il y avait foule aux funérailles. Un dernier hourrah pour le plus grand événement à s'être produit en ville depuis des décennies. Pas « grand » dans un sens positif, mais il avait marqué les esprits, et les gens voulaient, à leur manière, y prendre part.

Les gens sont bizarres.

Antonia vécut trois mois de plus et mourut dans son sommeil. Peut-être n'avait-elle plus de raison de vivre.

Cet automne, j'avais reçu un appel de politesse du directeur de la prison où ils gardaient Brett, l'aîné des frères Jordan. Il y avait eu des rumeurs dans la cour, comme quoi il allait me le faire payer au centuple quand il sortirait de cabane. J'avais remercié le directeur de m'avoir prévenu. Juste un autre petit problème, dont j'aurais à me préoccuper d'ici trois à cinq ans.

Je ne revis jamais aucun des clandestins mexicains. Ils avaient promis de partir loin d'ici, et ils avaient tenu parole.

Je bus mon café en m'efforçant de ne pas me replonger dans l'histoire passée.

— Je voulais te dire que, la semaine prochaine, on aura deux nouveaux adjoints, annonça Amanda.

Je levai un sourcil.

— Oh ?

— Ça m'a pris une éternité pour régler toute la paperasse, et encore plus longtemps pour trouver deux personnes acceptables, qui étaient prêtes à venir s'installer dans ce trou perdu au milieu de nulle part. Ce n'est pas vraiment la métropole la plus dynamique d'Amérique. Mais on a fini par dégoter deux candidats corrects.

— Bien. C'est une bonne chose alors.

On avait bossé sans compter nos heures ces derniers temps.

— Je dois te dire autre chose. Je quitte mon poste, je serai partie à la fin du mois.

J'arrêtai de boire mon café, posai le mug sur le bureau.

— Quoi ?

— On m'a proposé un job dans l'Idaho, dit Amanda. Dans une ville qui fait station de sports d'hiver. Je vais pouvoir m'améliorer au snowboard.

— Félicitations.

— Je te recommande pour le poste de chef de la police.

J'éclatai de rire — très fort.

L'année écoulée n'avait pas été de tout repos. Il y avait eu des enquêtes. Le bain de sang avait donné lieu à des articles dans des journaux de Stillwater et Tulsa. Un certain nombre de compagnies d'assurances ne m'avaient pas à la bonne. Mais j'avais coincé une bande de trafiquants et un chef de la police corrompu. On m'avait fait passer à plein temps, ce que j'avais interprété comme un vote de confiance, même si le fait que j'étais le seul candidat disponible de suite pour le boulot avait dû pas mal jouer dans la décision. Quelques questions restaient encore en suspens (la plupart venant des compagnies d'assurances), mais je commençais à voir le bout du tunnel.

Mais chef de la police ? C'était un peu trop gros à avaler pour moi. Ce que je dis à Amanda.

— Penses-y, dit-elle. Ces nouveaux gars ne connaissent pas la ville. Ni les gens. Le conseil municipal peut te nommer chef de la police. Si tu veux aussi devenir shérif, alors il faudra que tu fasses campagne pour te faire élire. Mais tu as grandi dans le coin. Les gens te respectent.

Peut-être. J'avais envie de la croire. J'espérais que les gens de cette ville me jugeraient capable de faire du bon boulot.

— De toute manière, ma recommandation n'a rien d'obligatoire. Mais réfléchis-y. Ce café sent bon.

— Sers-toi.

— Merci. Je vais en prendre.

Elle se rendit dans la pièce du fond.

Je m'adossai contre la chaise, fermai les yeux et sirotai mon café. Il était bon. Je me remémorai les événements de cette nuit-là, un an auparavant, les repassai dans ma tête comme un petit film. Le chef et moi dans cette allée. Sa main sur ma gorge, le flingue sur sa poitrine. Je frissonnai rien qu'à y penser. À quel point il s'en était fallu d'un cheveu. Je me souvenais presque d'avoir appuyé sur la détente, ou peut-être ne pouvais-je que l'imaginer. J'étais un peu dans les vapes à ce moment-là.

Mais je l'avais tué.

Le chef était mort.

Vive le chef.

Remerciements

Mille mercis à toute ma famille, en particulier à ma femme Jackie et à mon fils Emery, qui ont dû se coltiner un écrivain ronchon quand les choses n'avançaient pas bien, et un écrivain un peu bêta quand tout roulait au poil. À mes premiers lecteurs (et potes super cool) Anthony Neil Smith et Sean Doolittle, je serai toujours là pour vous, les gars. La prochaine fois, Video Golf, c'est pour moi. Remerciements aussi à mon agent super malin David Hale Smith et à son bras droit Shauyi. Salut à tous mes vieux potes d'Oklahoma. Vous ne pensiez quand même pas que je n'écrirais plus sur l'Oklahoma, non ? Et merci à vous, lecteurs.

Enfin, toute ma reconnaissance à Alison et Ben de Tyrus Books, qui ont donné une maison à ce roman.

COLLECTION « SUEURS FROIDES »

Sandrine Collette, *Des nœuds d'acier*
Victor Gischler, *Coyote Crossing*
Matthew F. Jones, *Une semaine en enfer*
Joe R. Lansdale, *Diable rouge*

Composition Ütibi.
Achevé d'imprimer
sur Roto-Page
par l'Imprimerie Floch
à Mayenne, le 15 mars 2013.
Dépôt légal : mars 2013.
Numéro d'imprimeur : 84514.
ISBN 978-2-207-11497-1 / Imprimé en France.

247939